Andre

Schuchardt

präsentiert

Der A'Lhumakrieg

II: Ungewöhnliche Absichten erfordern ungewöhnliche Mittel.

© 2009 - 2016 by Andre Schuchardt

www.kaltric.de

Der A'Lhumakrieg

Inhalt

Karten

A'Lhuma und Umgebung

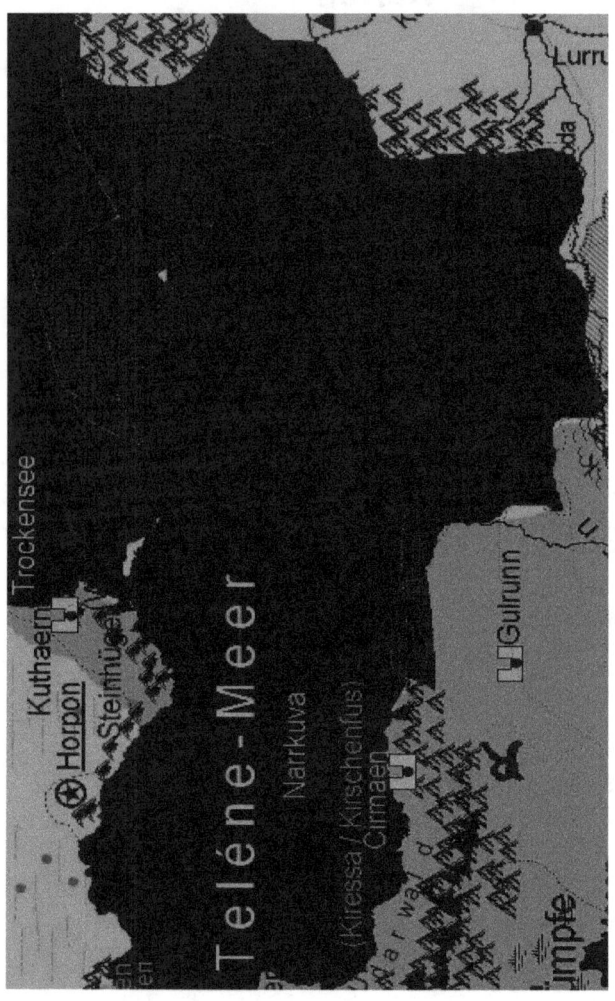

Der A'Lhumakrieg

Prolog

Crear Ataurass Elorm ist tot. Für die einen war es ein Segen – für wenige ein Unglück. Bis heute ist es schwer zu entscheiden, zu welcher Gruppe man sich rechnen sollte.

Mein Name ist Eilzen Doubal. Ich war sein Diener, engster Vertrauter und – Freund. Jahre schon ist es her, dass Crear Elorm verstarb, und bisher hüllte ich mich stets in Schweigen. Nun, da alle ihn nur noch als das Böse betrachten, ist es Zeit für mich, alles zu erzählen, wie es wirklich war – wie ich es aus nächster Nähe erlebte. Dieses Buch soll alle Geschichten, alle Legenden, ins rechte Licht rücken oder ergänzen. Deshalb ist es nicht nur für das Volk von A'Lhuma, sondern für die ganze Welt gedacht. Und bei einer solchen Aufgabe muss man daran denken, dass nicht alle die Geschichte von A'Lhuma kennen werden, ja einige vielleicht nie von uns hörten. Darum lasst mich zunächst einige Worte zu unserem Reich verlieren.

Vor etwa 5000 Jahren erschienen unsere Vorfahren in diesem Teil der Welt um sich hier niederzulassen. Das Reich von Harite wurde groß und mächtig, doch die

8

Der A'Lhumakrieg

Streitigkeiten mit seinen südlichen Nachbarn Darite wirkten sich aus bis in unsere Zeit. Später stand es – mit Ausnahme von Barga, seiner Hauptstadt – unter völliger Herrschaft durch Luvaun. Dieses war für seine meisterlichen Bauwerke berühmt, was auch uns zugute kam; noch heute werden die Kanäle benutzt. Als Luvauns Gegner aber, das Reich von Lurruken, Barga in seinem Freiheitskampf unterstütze, waren die goldenen Zeiten bald vorbei und das Reich Haret entstand.

Padrun, die heutige Hauptstadt unseres Nachbarn Panmein, war damals die Hauptstadt. Da in Barga aber ein Großteil des alten Adels verblieb, befand sich das Reich bald nach einem gewaltigen Bürgerkrieg in Trümmern. Für viele Jahrhunderte blieben rund um den großen Strom des Haregez bloß kleine Reichem, die sich gerne bekämpften. Im Norden setzte sich schließlich Padrun durch und formte sein Panmein; im Süden kam die Familie Sacaeran in Barga an die Macht und Sacaluma ward geboren. Diese Familie war es einst auch, die unser Lurut gründeten. Lange Zeit blieben diese beiden Reiche – Panmein und Sacaluma – Gegner. - Bis Crear kam. Doch lange zuvor schon wurde dem Reich Sacaluma geweissagt, dass es dereinst einen wichtigen Teil eines

9

großen Krieges spielen würde. Ob dieser nun stattgefunden hat oder noch kommen wird, werde ich wohl nicht mehr erleben.

A'Lhuma heute – oder auch bis vor wenigen Jahren Sacaluma – ist ein Gemisch verschiedenster Völkerschaften, so sollte es nicht wundern, dass es eines Tages größeren Streit zwischen diesen gab. 3940, vor 40 Jahren, herrschte über Sacaluma noch die Familie Sacaeran in Barga. Es war das Jahr, in dem in Lurut ein ganz besonderer Junge geboren wurde. Lurut liegt im Westen des Landes und ist Sitz der Familie Elorm. Dieses Kind war Crear Ataurass Elorm.

Ich weiß nicht, wann genau mein Freund Crear den Verstand verloren hat. Als Kind wirkte er so unschuldig, so anständig, so – gewöhnlich. Doch ist sicher, dass der Tod des Vaters ihn hart traf.

1. Buch

I: Die verlorene Tugend der Kindheit.

An einem schönen Frühjahrstag traf sich ein Teil der Familie Elorm südlich der Stadt Lurut am Telénemeer. Es ist heute nicht mehr bekannt, wer den Vorschlag dazu machte, doch nahm ein ganzer Zweig der Familie daran teil.

Shaen Gurass Elorm war ältester noch lebender Sohn von Gurass Noroash Elorm, dem Herrn von Lurut. Als die Familie im Wald jagen war, zeigte er stolz allen seine Beute.

„Seht was ich hier erlegt habe und versucht mich zu überbieten!"

Ataurass Shaen Elorm, sein jüngster Sohn, hatte den Ehrgeiz seines Vaters nie leiden können.

„Nur weil dir das fetteste und lahmste Tier vor den Pfeil lief bedeutet das nicht, dass du besser bist als wir. Zu siegen ist nicht alles."

„Oh doch mein Sohn! Sieg, Macht und Kraft sind alles! - Aber das hast du noch nie begriffen."

Der A'Lhumakrieg

Asmyllis Teule Elorm, Tochter des Shaen und Schwester des Ataurass, hatte in der Familie schon immer zwischen den beiden gestanden.

„Das reicht! Es sollte ein schöner Ausflug werden!"

Tatsächlich gehorchten die beiden Männer ihr auch und schwiegen.

Der kleine Crear Ataurass Elorm, Sohn des Ataurass, gab zu dieser Zeit noch wenig auf die Reden aller Beteiligten, war er doch kaum größer denn das von Shaen erlegte Tier. Bezeichnenderweise nahm jedoch kaum jemand in seinen Worten Rücksicht auf den Kleinen, waren sie doch zu sehr mit sich und ihren Gegnern beschäftigt. Crears Amme, genannt Mütterchen Gouma, hielt ihm zu solchen Zeiten oft die Ohren zu, waren solche Reden doch nichts für sein kleines Gemüt.

Auch ich, Eilzen Doubal, war damals mit in diesem Wald an der Küste des Meeres. Meine Aufgabe war es, ein Lasttier zu führen, welches den Karren mit Vorräten zog. Drei solcher Karren und drei solcher Zugführer wie mich gab es; außerdem folgten noch die Knappen des Shaen und Ataurass sowie zwei Adlige aus der Stadt und ein Koch. Die Stimmung zwischen den beiden Streithähnen war bereits seit Tagen gespannt und vermutlich sollte

13

dieser Ausflug sie alle auflockern, ablenken und wieder versöhnen. Doch es kam alles ganz anders und natürlich viel schlimmer.

„Wie lange willst du noch durch diesen Wald schleichen und wehrlose Tiere schlachten?"

Wenn es um seinen Vater ging, hatte Ataurass noch nie gewusst sich milde zu verhalten.

„Wenn es dir hier nicht gefällt, oh Sohn, dann lass uns an das Meer gehen. Wir haben genug erlegt uns ein gutes Mahl zu bereiten."

Shaen kannte den listigen Weg schon immer besser.

Und auch wenn sich Vater und Sohn nicht immer einig waren, so konnten sie es doch heute: Die ganze Gesellschaft wanderte hinab an die Küste, die dort sandig und trocken war, um endlich etwas zu essen. Aber natürlich sollte es noch Stunden dauern bis alles so weit wäre, weshalb man sich zunächst mit dem mitgebrachten Brot begnügen musste.

„Wie lange hast du eigentlich vor hier zu bleiben? Ich hörte, das Wetter könnte heute schlecht werden."

Asmyllis mochte zwar die Natur, doch nicht Ausflüge, die nur dem Töten, Fressen und Streiten dienen sollten.

Laut wagte sie dies ihrem Vater gegenüber aber nicht zu äußern.

„Ach, das Wetter wird schon halten. - Und wenn nicht; was macht etwas Regen schon? Lasst uns doch endlich feiern! Wir sind hier als Familie und nicht als Vorbild für Lurut!"

Überschwänglich erhob Shaen sich von seinem Platz an der kurzen Tafel, doch so recht wollte niemand seinen Anweisungen folgen. Lediglich der kleine Crear nutzte die Gelegenheit, um durch den Sand zu strollen und nach Muscheln zu suchen. Mütterchen Gouma hielt ein wachsames Auge über ihn, doch sah er nicht aus, als wollte er etwas schlimmes anstellen.

„Wie geht es eigentlich Großvater? Seit meiner Rückkehr habe ich ihn noch nicht wieder gesehen."

Sechs Monde war Ataurass im Land unterwegs gewesen um mit anderen Adligen zu sprechen und alte Bündnisse zu wahren.

„Ach – viel zu gut."

Es war bekannt, dass Shaen seinen Vater, den damals fast schon greisen Gurass, ebenso wenig mochte wie sein eigener Sohn ihn. Manche Zungen wagten gar zu munkeln, dass Gurass dem Ehrgeiz des Sohnes zu stark im Wege stände.

„Du kennst ihn doch – Er wird niemals aufhören zu arbeiten. - Übrigens meinte er, dich bald sprechen zu wollen."

Asmyllis versuchte oft mit Worten und einem schnellen Lächeln die Äußerungen ihres Vaters zu überspielen.

„Trauert er immer noch um Großmutter?"

Das bedrückte Schweigen, welches Ataurass selbst aus Richtung seines Vaters antwortete, schien keine weiteren Fragen oder Antworten zu verlangen. Kurz darauf versuchte dieser auch schon weiterzumachen wie zuvor.

„Asmyllis – deine Mutter braucht Hilfe. - Sie sagt es zwar nicht, aber sieh einmal nach ihr."

Während das Gespräch so fortging, wurde ich dazu beordert Feuerholz zu sammeln. Es erwies sich nicht als sonderlich schwer, war der Wald doch nah, aber als ich zurückkehrte hatte sich alles verändert. Shaen hatte sich wieder einmal von seinem Stuhl erhoben, diesmal aber um hitzig mit seinem Sohn zu sprechen. Dieser schien kaum weniger aufgebracht, doch hatte sich besser im Griff. Verwirrt fragte ich Gouma, was denn nun schon wieder geschehen war.

Der A'Lhumakrieg

„Mmh! - du kennst die beiden doch. Nehmen jeden noch so kleinen Anlass sich zu streiten. - Ich weiß schon gar nicht mehr... worum es diesmal ging. - Eines Tages werden sie sich noch umbringen. - Mmh!"

Am Tisch schienen Vater und Sohn sich bereits wieder beruhigt zu haben – zumindest waren sie leiser und saßen beide wieder. Aus dem Augenwinkel bemerkte ich sodann eine Bewegung – und schon kam der kleine Crear zum Tisch gelaufen. Den Streit schien er – wie sooft – nicht bemerkt zu haben. Freudig erregt stand er da mitten zwischen Vater und Großvater und zeigte ersterem stolz etwas. Ich konnte nicht erkennen was es war, doch schon erhob Shaen auch wieder seine Stimme.

„Heda! - Koch! - Wie lange wird es wohl noch dauern?"

Dieser war erschrocken angesprochen zu werden und dementsprechend ungenau war seine Schätzung, als sein Hirn sich in die dunkelsten Ecken verkroch.

„Vielleicht... - Etwa zwei Stunden!"

Shaen grunzte seltsam zufrieden, um sich dann an die gesamte Tischgesellschaft zu wenden.

„Dieses Kind hier -" Er deutete auf Crear. „- hat mich auf eine großartige Idee gebracht. Um die Zeit zu vertreiben – und um unser Mahl ansprechend zu bereichern –

17

fordere ich dich -" Er deutete auf Ataurass. „- meinen Sohn, heraus. Wer von uns beiden wird wohl die meisten frischen Muscheln aus dem Meer sammeln können?"

Der Angesprochene zog misstrauisch die Augenbrauen zusammen, doch die Adligen schienen begeistert. Unter diesem Druck gab es nur eine Antwort für Ataurass.

„Du bist alt und wirst verlieren. - Ich nehme an!"

Während die Adligen ihm freudig zu prosteten, sah Asmyllis eher besorgt zwischen Bruder und Vater hin und her. Shaen aber stand da wie ein zu allem bereiter Wettkämpfer. Zurückblickend vermag ich nicht zu sagen, ob er dieses Stück geplant und geübt hatte – oder nicht. Auch Crear sah abwechselnd seine beiden männlichen Vorbilder an. Er schien nicht zu verstehen, was kommen sollte, doch steckte die gespannte Stimmung auch ihn an und wandelte sich – in Vorfreude.

Shaen, Ataurass, Asmyllis, die Adligen sowie zwei Knechte machten sich auf den Weg, hinab ans Meer. Ich verblieb mit Crear, Gouma und dem Koch beim Essen, doch sah ich immerhin noch, was geschah. Das Telénemeer war A'Lhumas einzige große Wasserfläche und Lurut nicht weit entfernt. Viele Schiffe und Boote hatten wir auf dem Blau bereits erblickt, doch waren nun

18

plötzlich alle langsam wieder verschwunden. Ein kleines Fischerboot aber befand sich in Rufweite. Ich sah Shaen ihm zurufen; es herbei ordern. Als es am Strand angelegt hatte, wechselten der Fischer und Shaen ein paar Worte, woraufhin Asmyllis nachdrücklich aufbegehrte – doch ihr Bruder hielt sie ab; stieg mit seinem Vater und einem der Adligen in das Boot und ließ sich von dem Fischer hinaus auf das Meer fahren, wo wir sie bald aus den Augen verloren.

Und wenige Zeit darauf zog der Sturm auf.

„Schnell! - In den Wald!"

Der Koch wusste plötzlich Befehle zu geben, doch hatte er auch Recht. In nicht einmal einer Stunde war aus zuvor bloßen Wolken ein tosender, grollender Sturm geworden. Über dem Meer zuckten Blitze und die Wellen erhoben sich um krachend gegen den Strand zu branden. Uns an Land wurde heftiger Regen um die Ohren gepeitscht; innerhalb weniger Augenblicke waren wir nass. Mütterchen Gouma hatte nicht erst den Befehl des Kochs abgewartet, sondern versteckte bereits Crear unter ihrem Mantel um sogleich in den Wald zu flüchten.

„Aber Vater und Ataurass - !"

Asmyllis schien den Regen kaum zu bemerken; immer wieder blickte sie wild suchend auf das Meer hinaus, doch dort etwas zu finden war unmöglich.

„Frau – kommt mit uns; schnell! - Wir können jetzt nichts tun!"

Doch erst als ich sie am Arm packte und hinter mir herzuzerren versuchte, kam sie freiwillig.

Alles war in wilder Aufregung. Die Tiere waren vernünftigerweise bereits ohne uns durchgebrannt und hatten ihre Karren zurückgelassen; derweil wir alle eiligst dem Koch und Mütterchen Gouma folgten.

Der Wald schaffte es das Tosen abzuschwächen, doch trotzdem hatten wir einige grauenvolle Augenblicke vor uns, in denen ein jeder um sein Leben fürchtete. Die Natur erwies sich an diesem Tag stärker als wir, die wir nichts ausrichten konnten. Crear hielt uns bald mit seinem Heulen ebenso beschäftigt wie der Sturm, derweil Asmyllis dies alles kaum zu bemerken schien; immer wieder sah sie besorgt hinaus auf die See. Jene war finster und wütend und ich vermochte keine Hoffnung für die beiden Ausgefahrenen zu verspüren.

Nach einer unbekannten Weile, die mir wie eine Ewigkeit erschien, doch wesentlich kürzer hatte sein müssen, hörte der Sturm so plötzlich auf, wie er gekommen war. Und als die Sonne die Wolken durchbrach konnten wir hinter uns einen Regenbogen ausmachen. Nach kurzer Zeit schon wirkte auch das Meer friedlich wie zuvor, doch von Schiffen war nirgendwo eine Spur. Immerhin war es ruhiger geworden; auch Crear weinte nicht mehr.

Endlich erwachte auch Asmyllis aus ihrer Starre.

„Los, kommt! - Vater! - Ataurass!"

Nachdem sie losgerannt war, sollte ich der erste sein, der ihr folgte, doch bald darauf kam die gesamte Gesellschaft. Die Tische an der Küste standen erstaunlicherweise noch; die Stühle hatte es umgeweht, das Feuer war ertrunken und Tücher und Nahrung feucht. Von unseren Lasttieren gab es keine Spur mehr, lediglich das erlegte Wild fand sich noch. Am Strand zappelten Fische, die es an Land gespült hatte und alles dort war voll von Wasserpflanzen, doch von dem Boot und seiner Besatzung fehlte jede Spur.

Als endlich alle angekommen waren, wandte sich Asmyllis an sie, ihr Gesicht gezeichnet von getriebener Besorgnis.

„Worauf wartet ihr? Sucht den Strand ab – schnell!"

21

Sie selber schien ins Wasser waten zu wollen, doch Gouma hielt sie ab.

„Frau – bleibt bei uns; jemand muss auf Crear aufpassen."

Wir suchten in zwei Gruppen den Strand ab: Ich ging mit dem Koch gen Norden, auf die Stadt zu, derweil der verbliebene Adlige samt den Knechten sich den südlichen Strand vornahmen. Fast eine Stunde verbrachten wir mit der Suche, achteten auf Strand und See. Mehr als einmal meinten wir Holzstücke oder Körper zu entdecken, doch stets entpuppte es sich als etwas anderes. Nach zahllosen Steinen, treibenden Algen, Fischen und Ästen schienen wir weit genug gegangen zu sein und kehrten um; vielleicht hätten die anderen mehr Glück gehabt.

Zurück beim Festplatz erfuhren wir von Mütterchen Gouma, dass die anderen tatsächlich etwas gefunden hatten.

„Oh, es ist so schrecklich – schrecklich! - die armen Herren."

Wenig später kehrte die andere Gruppe zurück. Sie hatten Asmyllis und einen Karren nach ihrer ersten Rückkehr mitgenommen und erschienen nun wie ein Trauerzug. Die Knechte zogen und schoben den Karren,

22

derweil die anderen düster blickend nebenher schritten. Auf dem Karren gebettet lag ein bewusstloser Shaen. Die Stiefel fehlten ihm, Hose und Hemd waren halb zerfetzt und in Haar und Bart hatten sich Seefarne verfangen. Er wirkte wie eine Gestalt aus einem Märchen – oder wie ein Schiffbrüchiger.

Wir betteten ihn auf feuchten Tüchern neben dem erloschenen Feuer, das zu entzünden uns aber nicht mehr möglich war, in der Hoffnung, er möge dennoch rasch erwachen und uns mehr über den Verbleib der anderen mitteilen. Doch dem war nicht so.

Als es drohte dunkel zu werden, mussten wir abbrechen und wenigstens ihn heimbringen, bevor er vor Kälte erkranken könnte.

„Oh Ataurass – wo bist du?

Mit Tränen in den Augen starrte Asmyllis hinaus auf die See. Es war mir unangenehm, sie unterbrechen zu müssen.

„Frau – ihr könnt hier nichts tun; ihr erkältet euch nur. Lasst uns in die Stadt zurückkehren – und sofort Reiter und Schiffe entsenden, die nach ihm suchen."

„Hm – vielleicht hast du Recht."

Offensichtlich schweren Herzens entschloss sie sich, meinem Vorschlag zu folgen.

Vor Lurut angelangt, waren die Haupttore bereits verschlossen, doch ließ man uns natürlich durch die kleinen Tore ein. Asmyllis befahl den Wachen sofort, Reiter und Erkundungsboote aussenden zu lassen – doch musste zunächst ein Hauptmann gefunden werden, der diese Befehle auch ausführen durfte.

In der Burg wurde Shaen in seine Gemächer gebracht, eingewickelt in frische Tücher und umhegt von Kräuterfrauen. Mehr sollte ich nicht mehr sehen, war mir der Zutritt in diese Gemächer doch verboten.

Am nächsten Tag kam Asmyllis hinunter in die Ställe, wo ich Dienst hatte. Als sie gerade eines ihrer Tiere satteln ließ, wagte ich sie anzusprechen.

„Frau Asmyllis – wie geht es eurem Vater?"

Es schien eine Weile zu dauern, bis sie mich erkannte.

„Eilzen – mm – wie es ihm geht... - recht gut – er muss sich nur ausruhen."

„Das freut mich. - Und gibt es Neues von.. eurem Bruder?"

Ihr Blick versteinerte sich, als hätte sie keine Kraft für Gefühle mehr.

„Es ist noch keiner der Sucher zurückgekommen. Deshalb werd' ich jetzt selber los."

„Ich mache mir vor allem um Crear Sorgen -"

„Eilzen — bitte passe auf Vater auf. Seine Schwäche könnte von seinen Gegnern genutzt werden, vor allem von Chauss. Dort kannst du auch gleich nach Crear sehen."

Ohne meine Antwort abzuwarten, machte sie sich auf den Weg. Nun war ich also Teil der Ränkepläne dieser Familie, was mir gar nicht recht gefallen mochte. Doch kam ich meiner Verpflichtung gegenüber Asmyllis nach und begab mich bald zu Shaen. Endlich war er wieder zu sich gekommen; saß bereits aufrecht im Bett und aß seine erste Mahlzeit seit einem Tag. Leider aber war er nicht alleine: Chauss Gurass, sein jüngerer Bruder, sowie Maereth Shaen, sein ältester Sohn, waren bereits zugegen.

„Was willst du, Diener?"

Chauss, so vermutete ich, war nicht gut gelaunt. Da sein Bruder immer noch am Leben war, hatte sich keine bessere Möglichkeit für ihn ergeben den Thron zu erreichen, sollte Gurass einst sterben.

„Herren – die Frau Asmyllis schickt mich – zu sehen, ob es dem Herrn Shaen gut geht – und ihm zu Diensten zu sein, sollte er Wünsche haben. - Herr.!"

Eiligst und mich sehr unwohl fühlend verbeugte ich mich vor Shaens Bett. Dessen Stimme war bereits wieder die alte: stark und streng.

„Diener – wie heißt du?"

„Eilzen Doubal, mein Herr."

„Eilzen – hat meine Tochter die Torheit begangen nach ihrem Bruder zu suchen? - sprich!"

„Äh – Herr... - kurz bevor ich hier zu euch kam ritt sie los, die Küste abzusuchen."

„Welch törichtes Mädchen – sie wird keinen Erfolg haben – Ataurass wurde über Bord gespült – das Boot traf ihn am Kopf – niemals wird er das überlebt haben."

„Das ist – schrecklich..."

Später saß ich mit Mütterchen Gouma und Crear in dessen Zimmer, wo er spielen sollte doch sich weigerte. Stattdessen kam er zu mir, als ich am Ort eintraf.

„Wo ist mein Vater?"

Ich war sprachlos.

Gouma hatte ich es zu verdanken, dass ich es ihm zumindest irgendwie erklären konnte. Mit Fünfzehn

26

hatte ich noch keine große Erfahrung, Todesnachrichten zu überbringen. Dies sollte sich in den folgenden Jahren aber noch grundlegend ändern. Doch zunächst lernte ich was es hieß, ein verletztes, weinendes Kind beruhigen zu müssen. Und es sollte alles nur noch schlimmer kommen.

II: Ungewöhnliche Absichten erfordern ungewöhnliche Mittel.

„Und ich sage dir – er hat ihn damals umgebracht!"

Crear Ataurass Elorm war wütend – so wütend, wie ich ihn seit Jahren nicht gesehen hatte. Immer wieder ging er von einem Ende des Raumes zum anderen, sein Gewand dabei ehrfurchtgebietend hinter sich herziehend.

„Das sind harte Worte – was macht dich da so sicher?"

Ich saß an meinem Tisch, vor mir mein Humpen, daneben seiner. Eigentlich hatten wir uns nur unterhalten wollen – nun das.

„Du weißt es doch selber! - du warst doch dabei!" Er hielt an und sah mich eindrücklich an. „Zunächst einmal – du weißt, wie sie immer stritten. Du weißt, dass sie sich am liebsten die Kehlen aufgeschnitten hätten!"

„Das ist aber doch kein Beweis..."

„Nein, natürlich nicht – aber an diesem Tag – damals vor so vielen Jahren – als Shaen meinen Vater überzeugte, auf das Meer hinauszufahren – obwohl er wusste, dass ein Sturm kommen würde – das ist bis heute seine Entschuldigung – zu behaupten, das Wetter wäre es gewesen – Schicksal – Eingriff der Götter -"

28

„Ja! - Ja! - Ich verstehe ja, was du meinst; du meinst also, er hätte sich selbst in Lebensgefahr gebracht, um seinen eigenen Sohn zu töten? - Welchen Sinn soll das denn bitte machen?" Und zu mir selber sagte ich: So verrückt kann selbst diese Familie nicht sein.

Nun kannte ich Crear bereits seit Jahren, doch verstand ihn trotzdem noch nicht. Meist führte ich es auf die anstrengenden Jahre der Mannwerdung sowie seinen Zorn auf Shaen und den ewig quälenden Verlust des Vaters zurück, doch manchmal schien dies nicht zu reichen. Es machte mir schon allein Sorgen, dass oftmals sein ganzes Leben, Streben und Handeln nur von Hass getrieben schien. Und dann, an anderen Tagen, seinem Großvater gegenüber, verhielt er sich plötzlich wieder gewöhnlich, wie der kleine Enkel von einst.

„Ich weiß – für dich und Asmyllis mag es keinen Sinn ergeben – doch ich weiß, es war so."

„Und du weißt, dass bloße Anschuldigungen dir nicht viel bringen? Selbst mit Beweisen wäre es schwer – inmerhin ist er der Sohn des Gurass – der nächste Tereanv. Und was bist du? Du kommst nirgends in der Nachfolgereihe dran – also – beruhig' dich. Du kannst nichts tun."

29

Meine Worte schienen ihn zum Überkochen zu bringen. Mit einem kräftigen Schlag seiner Faust traf er den Schild, welchen ich an die Wand gehängt hatte – und verbeulte ihn.

„Ah – was machst du da? Bringt dir das Befriedigung?"

Mit einem seltsamen Feuer in den Augen sah er mich an. „Ja – das tut es." Sodenn setzte er sich wieder mir gegenüber und sah mich auf einmal gelassen an. „Du wolltest mir von Asmyllis erzählen – wann kommt sie wieder?"

„Ah, Crear, wohin gehst du?"

Der Angesprochene blickte Shaen erschrocken an.

„Äh – Großvater – ich... - ich bin gerade auf dem Weg zu Großvater Gurass..." Crear war es sichtlich unangenehm, seinem Verwandten hier in den Gängen der Burg zu begegnen.

„Ach ja, Vater – schon so alt und trotzdem versucht er noch das Geschick der Familie zu lenken. - Sag, was gefällt dir so bei ihm?"

Crear sah kurz düster zu Boden, dann hinüber zu mir, der ich selber unangenehm überrascht auf dem Balkon des Ganges saß, unfreiwilliger Zeuge dieser Begegnung werdend.

„Nun – er ist ehrlich." Sein Blick wurde durchdringend, als er Shaen in die Augen sah. „Er hat nie jemanden ermordet, der mir wichtig war."

Shaen schien den vorhandenen Seitenhieb nicht zu bemerken; blieb erstaunlich ruhig – wirkte gar nachdenklich.

„Weißt du, als ich in deinem Alter war, hatte ich auch noch einen Großvater, der damals Tereanv war: Noroash. Hat dir dein Großvater je erzählt, wie er meinen Großvater die große Treppe des Eingangssaales hat hinab stolpern lassen? - Natürlich war es für alle bloß ein Unfall..."

Er verfiel in Schweigen, doch Crears Lippen zitterten. Ich kannte diese Art – und plötzlich war Crear verschwunden, seinen eigenen Weg verfolgend.

Nachdem Shaen kurz regungslos verharrt war, wurde er meiner gewahr. „Ah, Kammerherr – wie geht es euch?" Humpelnd – wie er seit dem Unglück damals immer war – kam er zu mir.

„Herr – danke – gut."

Und zu allem Überfluss setzte er sich dann auch noch neben mich.

„Ich habe ein paar Dinge mit euch zu bereden. - Mein Vater ist alt und wird nicht mehr lange leben – das wisst ihr. Es wäre klug, bereits für die Zeit danach zu sorgen, wenn ich der neue Tereanv bin. - Was meint ihr?"

Ich fühlte mich unter seinem ruhigen, doch herrischen Blick klein und machtlos. Hatte ich eine andere Wahl als ihm zu gehorchen?

Vielleicht ein Jahr später gab es ein folgenschweres Treffen. All die Zeit über war Crear bemüht gewesen, seinem Großvater aus dem Weg zu gehen. Wann immer er ihm begegnete, versuchte er sich zu beherrschen. Meist hatte er zuviel Angst um aufzubegehren, doch manchmal schimmerte sein Hass in seinen Reden oder Augen hindurch. Auch Shaen konnte das unmöglich entgangen sein. Dieser war stark damit beschäftigt, seine Macht auszubauen. Als ältester Sohn des Gurass stand ihm sowieso der Titel des Tereanv zu, sollte dieser sterben, doch hätte ihn noch der Ehrgeiz seines Bruders Chauss oder eines dessen Söhne in den Weg kommen können. Als die Familie Chauss jedoch von einem Ausflug

32

in den Osten nicht wieder zurückkam, da Banditen sie überfallen hatten, war dieses Problem gelöst. Nun – ich will damit ganz sicher nicht behaupten, dass Shaen dafür verantwortlich war – ganz gewiss nicht, immerhin gab es keine Beweise in der Richtung – doch kam ihm dies gut gelegen. Was ich damals aber immer noch nicht verstand war, wie ihm der Tod des Ataurass hätte helfen können.

Zunächst aber zu besagtem Treffen: Sobald sie von dem Unglück Chauss betreffend erfahren hatte, verfiel die ganze Familie Elorm für eine Woche in Trauer. Bereits nach drei Tagen aber sollte es sich ereignen, dass Shaen seinen Sohn Maereth sowie seinen Enkel Crear einlud, mit ihm am Feuer des kleinen Ostsaales zu trinken und beisammen zu sein. Ich war natürlich nicht eingeladen, sollte aber als Crears Mundschenk werken – und ehrlich gesagt lauschte ich sooft es ging, was dort besprochen wurde. Nachdem sie bereits für eine Stunde über Belanglosigkeiten – Wetter, andere Adlige, Klatsch, Gerüchte, das Verhalten von Shaens Frau, Stadtgeschehen, das Geschehen am Hofe in Barga und so weiter - gesprochen hatten, wagte Maereth endlich die wichtige Frage.

„Jetzt sag schon, Vater – warum wolltest du dich wirklich mit uns treffen?"

Ich sah die Beteiligten zwar nicht, doch hörte ich Shaen seinen Becher abstellen – immer noch klang seine Stimme klar, derweil Maereth etwas lallte. „Ich will mit euch die Dinge besprechen, die da kommen, wenn ich Tereanv bin – Gurass liegt im Sterben. - Jetzt guck nicht so Crear, du weißt das doch ebenso gut wie ich. - Die Kräuterfrauen und Heilmänner sagen, dass sie nichts mehr tun können. Der natürliche Lauf der Welt geht seinen Weg und nimmt ihn mit sich."

Maereth schien besorgt – aber nicht um Gurass. „Was – hast du dann vor mit uns zu tun?"

Shaens Stimme schwang um in Zorn. „Dummkopf! Ich werde dir schon nichts antun – sonst hätte ich das längst getan! - Nein, du törichter Junge! - Ich brauche euch. Ihr seid die Fähigsten aus der Familie, wenn auch nicht die Schlauesten. - Nein, sagt nichts, hört einfach zu! - Lange genug hat diese Familie, die Familie Elorm, am Rande des Reiches vor sich hingedümpelt. Es ist Zeit, uns endlich zu vergrößern; und zu nehmen, was uns gehören sollte."

Maereth schien überrascht – wir anderen wussten schon lange um Shaens Ehrgeiz. „Was hast du vor?"

„Uns Land erkämpfen, das andere Familien uns wegschnappten – was sonst?"

Endlich mischte auch Crear sich ein. „Und wir sollen für dich dabei was sein? Feldherren oder Statthalter?"

„Ich werde euch für beides brauchen, meine Kleinen."

Plötzlich musste ich erschrocken von meinem Horchposten auffahren.

„Was tust du? Lauscht du etwa?"

Lange hatte ich mich nicht mehr so ertappt und peinlich berührt gefühlt.

„Du weißt doch – das tut man nicht." Mit einem seltsam belustigt belehrenden Blick sah Caeryss mich an, während sie gleichzeitig einen halben Laib Brot aus dem Brotkorb nahm.

„Essen stehlen gehört sich aber ebensowenig – hab ich zumindest gehört. Und warum sollte eine Köchin das tun?"

Nun grinste sie. „Ich habe nichts gesehen – oder du etwa?"

Was blieb mir anderes übrig als den Kopf zu schütteln?

„Na also – aber sag mal, was gibt es denn so tolles zu belauschen?" Neugierig schob sie eine Strähne braunen

Haares beiseite und machte Anstalten ebenso zu lauschen.

„Das geht dich eigentlich nichts an. - Shaen betrinkt sich mit Maereth und Crear."

Diese Neuigkeit schien sie zu enttäuschen. „Ah? - naja – sicher interessant – für dich. Nun – weißt du schon, dass Gurass es nicht mehr lange machen wird? - Und auch, dass behauptet wird, unsere Frau Asmyllis sei nach Tarle gegangen, weil sie meint, ihren Bruder dort zu finden? - Hm – nagut, ich seh' schon, mit dir macht das heute keinen Spaß – vielleicht geh ich lieber mal zur alten Gouma."

Sobald sie endlich fort war, konnte ich mich wieder der Aufgabe des Lauschens widmen. Doch kaum wie ich mitbekommen hatte, dass sie sich bereits wieder über anderes unterhielten, da öffnete sich plötzlich die Tür zum Saal und Shaen kam zu mir in die Kammer. Ich konnte mich gerade noch rechtzeitig aufrichten.

„Heda – Kämmerer – wie war der Name? - Ach ja: Doubal. Also – Doubal. Ich werde jetzt in meine Gemächer gehen – sorge doch bitte dafür, dass da drinnen aufgeräumt wird, wenn die beiden fertig sind –

und lass mir morgen zeitig genug mein Frühstück bringen, ich werde ausreiten wollen."

„Ähm – natürlich, Herr."

Ich hatte kaum Zeit mich zu verbeugen, da war er auch bereits ins Treppenhaus entschwunden. Nun letztlich doch zurück an meinem Horchposten, glaubte ich meinen Ohren nicht mehr trauen zu können.

„Du willst ihn umbringen? - Wieso?" Crear klang ebenso ungläubig wie ich geklungen hätte.

„Wie er selber sagte, wird er bald Tereanv sein – würde er sein, wenn er weiter lebt. Und ich wäre dann sein Nachfolger. - Aber ich will nicht warten, bis ich alt und schrumplig bin sondern jetzt schon seine Nachfolge antreten! - Und du – du wirst mir helfen!"

Crear war mittlerweile kühler, überlegter geworden. „Warum sollte ich das tun?"

„Du weißt genau, dass ich keine Kinder bekommen kann. Nach mir würde der Titel dann an irgendwen anders aus der Familie fallen. Wenn du mir aber hilfst, mache ich dich zu meinem Sohn -"

„Aber er ist dein Vater – du willst deinen Vater ermorden?"

„Lass das meine Sorge sein – du hasst ihn doch auch – wir alle hassen ihn. Es wäre besser, würde Ataurass noch leben, aber so -"

Er ließ seinen Satz ausklingen, ohne dass ich verstand, worauf er anspielte. Crear dagegen schwieg, bis Maereth fortfuhr. Seine Stimme klang plötzlich dunkel und traurig.

„Weißt du, Crear – ich würde dich auch so zu meinen Nachfolger ernennen. Wen sonst gibt es denn in dieser Familie schon? Gasmys bringt nur Bastarde und Schwachköpfige zur Welt und Asmyllis könnte man sich niemals unzüchtig genug vorstellen. Da bleibst nur du. - Und, mein Lieber – du bist gefährlich. Zu schlau und zu unberechenbar. Bis heute konnte ich nicht feststellen, was du eigentlich anstrebst – außer meinen Vater zu töten. Also wirst du mir helfen."

Ich hörte auf einmal einen Stuhl über den Boden schaben und dann Crears wütende Worte. „Aus dir spricht bloß der Wein! - Du bist ebenso erbärmlich wie dein Vater!"

Hastige Fußtritte entfernten sich gen anderes Ende der Halle, gefolgt von einem weiteren scharrenden Stuhl und anderen Schritten.

„Crear – warte doch!"

Und damit ward alles ruhig.

Da ich niemanden mehr fand, den ich mit Shaens Frühstück an meiner statt beauftragen konnte, musste ich mich am nächsten Morgen wirklich selber darum kümmern und trug es sogar noch eigenhändig hinauf in seine Gemächer. Ich richtete alles im Esszimmer her wie es sich gehörte, doch fehlte noch der Herr des Hauses. Auf mein Klopfen hin antwortete niemand, so streckte ich vorsichtig meinen Kopf in sein Schlafzimmer – doch Shaen war nicht da. Verwundert ging ich hinab zur Küche, doch wurde von Caeryss aufgehalten.

„Da bist du ja! - Schnell! - Man braucht dich – Gurass ist tot!"

Einen Moment lang war ich zu erschrocken, dann eilte ich zu den Gemächern des alten Tereanv, um dort bereits alle sich zur Zeit in der Burg befindlichen Familienangehörigen vorzufinden. Gurass war tot – tatsächlich tot – nach all diesen Jahren – und die versammelte Familie trauerte – oder tat zumindest so.

Am selben Tag noch wurde Shaen Gurass Elorm zum neuen Tereanv von Lurut ernannt und in der folgenden Nacht Gurass verbrannt, als hätte man Angst, er könne

39

wieder auferstehen. Etwa eine Woche lang ging dann alles seinen gewohnten Gang. Shaen versuchte sich in allen Amtsgeschäften durchzusetzen. Maereth wurde sein vorbestimmter Nachfolger, derweil Crear den Titel eines Heerführers bekam. Gasmys Shaen, der jüngere Sohn, bekam die Grenzmark zugesprochen, die unter Gurass noch Shaen inne hatte. Das lockte natürlich Gerüchte hervor, was er wohl mit Maereth vorhätte.

Und eines Abends, als ich durch die dunklen Gänge der Burg striff, vernahm ich – wieder einmal unwillig – ein Gespräch. Ich holte gerade ein verstaubtes altes Banner für Shaen aus einer Abstellkammer, da kamen im Gang draußen Gestalten an der Tür vorbei. Klar und deutlich vernahm ich da für einen kurzen Augenblick die Stimme der alten Teule, Frau des Shaen und heimliche Herrscherin der Burg.

„... musst es endlich tun, Maereth! Sei kein Feigling!"

Zunächst dachte ich mir nichts dabei, doch am folgenden Tage bekamen diese Worte eine seltsame Schwere, denn am Morgen war die gesamte Burg erneut in Aufruhr: Shaen war tot! Der Mann, der erst seit wenigen Tagen Tereanv gewesen war – war nun selber nicht mehr.

„Was – was ist geschehen?" Ich war fassungslos, als ich davon hörte.

Caeryss ging es kaum besser. „Ich weiß es nicht – ich fand ihn heute morgen – tot in seinem Bett – er atmete nicht mehr..."

Sie schien den Tränen nahe, warum auch immer, also drang ich nicht weiter in sie. Andere schienen nicht mehr zu wissen, doch trafen mich als Kämmerer einige drohende Aufgaben, so ging ich zu Teule.

„Mein Mann ist tot und du erwartest von mir Gründe für deine Aufgaben zu erfahren? - Ha! - Du bist ein wirklich guter Kämmerer. Ich weiß nicht, woran er gestorben ist – Schwaches Herz? Falsches Essen? Nicht genug Opfer dargebracht? - aber ich will, dass alles vorbereitet wird. Du weißt, dass Maereth nun neuer Tereanv ist, auch wenn sein Vater es nicht lange war, also bereite die Feierlichkeiten vor. Und heute Abend wird mein Gatte verbrannt, wie es Sitte ist – bis dahin haben die Kräuterfrauen und Heiler Zeit genug zu versuchen herauszufinden, woran er starb."

Nach dem 'Gespräch' mit Teule fühlte ich mich schlecht. Ich hatte den starken Verdacht, dass sie und Maereth am Tode Shaens zumindest mitverantwortlich waren. Dass

41

Maereth später bei seiner Thronbesteigung Crear zu seinem Nachfolger ernannte, machte die Sache für mich kaum besser. Crear, den ich als unschuldigen Jungen gekannt hatte, gehörte nun ebenso zu den Ränkespielen dieser Familie wie alle anderen. Unter den wenigen noch anwesenden Familienmitgliedern entstand schnell misstrauisches Geraune.

„Der kleine Crear einst Tereanv? Na das wird Frau Asmyllis gefallen, sollte sie je wieder heimkehren." Caeryss, die neben mir stand, warf mir nach ihren Worten einen bedeutungsvoll spöttischen Blick zu und machte sich von dannen.

Mich beschlichen ungute Gefühle, wenn ich an die Zukunft dieser Stadt – dieser Familie – dachte. Und es schauderte mich, als ich Teule neben ihrem Sohn stehend lächelnd auf die Versammelten blicken sah.

III: Gefahr macht das Leben erst süß.

Maereth hatte nicht vor, die kriegerischen Pläne seines Vaters fortzuführen. Jedenfalls gab es keine Hinweise, dass er dies gewollt hätte. Anderes beschäftigte ihn mehr, so die Gerüchte, die ob der zwei so schnell hintereinander erfolgten Tode entstanden. Einige raunten von einer Krankheit, welche die Familie angesteckt hätte, andere gar von einem Fluch der Lasterhaften; wenige wagten zu behaupten, dass zumindest Shaen ermordet worden wäre. Maereth selbst schien dies gar nicht zu bemerken; keine seiner Handlungen beantwortete irgendeines der Gerüchte.

„Nun – Neffe – wie gefällt es dir, zweitwichtigster Mann zu sein?"

Es war bemerkenswert, wie ich manchmal Dinge mitbekam, die ich teils gar nicht hören wollte. Aber diesmal war ich zuständig für die Aufsicht im Thronsaal, derweil gerade außer mir noch Maereth, Crear und ein putzender Diener anwesend waren.

„Nun, es könnte besser sein – ich könnte wichtigster Mann sein."

Crear sprach ohne leichtzunehmenden Unterton, doch Maereth lachte nichtsdestotrotz. „Ich möchte nachher mit dir den Ostturm besteigen."

Damit war das Gespräch für diesen Tag beendet.

Zwei Tage später war Aufregung ausgebrochen am Haupttor. Als ich nachsehen wollte, was da geschah, erblickte ich das Tor weit offen, was aber am Tage auch nicht verwunderlich war. Maereth stand dort mit zwei Hauptleuten und vier weiteren Wächtern. Er hatte das Gewand des Tereanv angelegt und stand erwartungsvoll da. Ich war gerade am Brunnen Wasser holen gewesen und verharrte nun beim Tor überrascht, als eine zu Fuß gehende Gesandtschaft kam. Ein Mann – der Kleidung nach offensichtlich ein Adliger – mit seinem Gefolge – einigen Kriegern – trat ehrwürdig unter das Tor.

„Ich grüße euch, Maereth Shaen Elorm, Tereanv von Lurut. Ich bin Louvis, Gesandter des Jaster Junoh Sacaeran, König von Lurut."

Es war merkwürdig, dass der Gesandte weder seinen vollen Namen noch seine Besuchsgründe verriet, doch Maereth ging nur auf letzteres ein. „Seid gegrüßt Louvis. - Was führt euch zu mir?"

44

„Den König erreichte die Nachricht, dass Gurass, der frühere Tereanv verstorben sei. Hiermit übersendet Jaster Junoh seine Beileidsbekundigungen. Natürlich waren sie an Shaen Gurass gerichtet, doch hörten wir auf dem Weg hierher auch von seinem Ableben. Der König lässt sein Beileid sicherlich auf diesen Fall auch erweitern. Vermutlich hat euch euer Vater noch eingewiesen, doch soll ich prüfen, ob der neue Tereanv von Lurut – der nun hoffentlich für absehbare Zeit ihr bleiben werdet – dem König ein treuer Diener sein wird."

Man spürte förmlich die Wut, welche Maereth ob dieser Bevormundung beschlich, doch war er schlau genug sie nicht zu zeigen. „Dann heiße ich euch willkommen in meiner Stadt und Burg, so lange ihr es wünscht."

Ohne eine Verbeugung zu leisten begann Louvis den Aufstieg in die Burg hinein, an Maereth vorbei, ohne diesen noch weiter Ehre zu zeugen; als Gleicher.

Caeryss bediente an diesem Abend, als im Großen Saal dem Gast zu Ehren ein Essen abgehalten wurde, mit sämtlichen anwesenden Höflingen sowie den Begleitern des Neuankömmlings, derweil ich es nur bereiten durfte. Doch durch Caeryss' Erzählungen bin ich in der Lage zu

45

berichten, was sie dort – im Groben – besprachen. Das wichtigste hatte Louvis tatsächlich bereits bei seiner Ankunft erzählt: Der König wollte erfahren, wie der neue Tereanv war – auch wenn er Shaen selbst gekannt hatte, galt dies für Maereth nun umso mehr – und so wichtiges wie Steuern und Abgaben besprechen. Louvis plante bis zum nächsten Königstreffen in Barga bei Maereth in Lurut zu verbleiben; also bis zum nächsten Frühjahr. Caeryss erzählte, wie wenig froh über diese Umstände Maereth war und wie deutlich er dieses auch noch zeigte.

Es schien kein guter Start für die neuen Beziehungen zwischen Lurut und Barga, dass man sich gleich am ersten Abend stritt. Maereth wollte weder bemuttert werden noch zuviel zahlen müssen und auch wenn Louvis ihn sofort beschwichtigte schienen die Gemüter der beiden nicht recht zusammenpassen zu wollen. Natürlich gab Maereth ihnen die Zimmer im Nordflügel, die erstens schlecht gewärmt werden und zweitens unter einigen der größten Aborte lagen. Louvis zeigte sich in den folgenden Tagen und Wochen davon aber kaum getroffen.

Am ersten Festmahlsabend nun lernte der Gesandte auch unseren jungen Crear kennen. Caeryss berichtete, wie herablassend Louvis ihn behandelte, als sei er selbst Herr dieser Burg. Crear aber besaß immerhin mehr Verstand als Maereth und entgegnete dessen Spitzfindigkeiten mit passenden Antworten, die, um sie als beleidigend zu empfinden, man erst einmal verstehen musste. Mehr als einmal konnte Caeryss sich ein Lachen nur knapp verkneifen, doch leider ging es anderen Anwesenden da anders; sie verstanden den Unterton seiner Antworten einfach nicht. So zum Beispiel der alte Faulass, der bereits so lang ich in der Burg gewesen ein treuer Diener des Gurass war. Faulass neigte schon immer dazu jede Äußerung für bare Münze zu nehmen und schien sich daher sehr über den jungen Crear zu wundern. Und Gasmys, der Bruder des Maereth, den man im Allgemeinen für dumm hielt, konnte ihn nur ständig staunend ansehen.

Den Großteil seiner Zeit am Tisch nutzte Crear jedoch um mit der ebenso jungen Begleiterin des Louvis, einer Dame namens Euliste, zu plauschen. Crear gab sich ihr gegenüber höflich und nicht ein bisschen unanständig, wie Caeryss mir zu betonen nicht müde wurde, doch

47

erntete er trotzdem misstrauische Blicke von Louvis, während dieser mit Maereth sprach; über Dinge, die Caeryss leider nicht interessierten, weshalb sie bald nicht mehr am Tische zuhörte.

Wie ich aber noch von anderen hörte, wollte Louvis hier in Lurut nicht bloß die Interessen des Königs bewahren, sondern noch einiges mehr. Ursprünglich war Louvis bereits nach dem Tod des Gurass entsandt worden; der Tod des Shaen ereignete sich erst kurz vor seiner Ankunft. Im Folgenden zeigte er aber verdächtig viel Interesse an den Umständen der beiden Unglücksfälle; mehr, als ihm gewöhnlicherweise zustehen würde. Natürlich war es auch für den König wichtig zu erfahren, sollte etwas nicht den natürlichen Läufen entsprechend geschehen sein, doch hatte Louvis etwas an sich, das den Verdacht nahe legte, er handele vor allem für sich selbst.

„Louvis ist ein Aastier, das nur darauf wartet, dass wir einen Fehler machen!" Crear mochte Louvis wohl noch am wenigsten, auch wenn er dies ihm selbst nur versteckt zeigte.

„Dann erlaube dir lieber keinen Fehler." Langsam war es zur Gewohnheit geworden, dass Crear in meine Kammer kam, um zu zetern.

Bei meinen Worten blieb er stehen und sah mich überrascht an. „Ja. - Ja, du hast Recht. - Ich werde keinen Fehler machen! - Danke!" Jetzt war es an mir verwundert zu blicken, da sprach er bereits weiter. „Aber jetzt muss ich fort – ich möchte noch jemanden treffen."

Wer dieser jemand war, erfuhr ich später von der alten Gouma, die strickend am Fenster zum Garten gesessen hatte, als Crear sich dort mit dem Fräulein Euliste traf. - Na gut, ich muss ehrlich sein; auch ich befand mich zu besagtem Augenblicke dort; wollte eigentlich nur mit der guten Gouma über alte Tage sprechen.

„Ach, dein Vater war ein wunderbarer Mann – zu schade, dass du deine Eltern nicht mehr kennenlernen konntest."

Ich saß bei ihr und blickte nachdenklich auf den Garten hinaus. „Ja, das hätte ich nur zu gerne – aber du warst ein guter Ersatz... - warte, seh' ich doch jemanden."

Und tatsächlich hatte ich da gerade unter uns Crear und Euliste sich auf eine Bank setzen gesehen – doch sie schienen uns wiederum nicht zu bemerken. Auch Gouma sah sie nun.

„Es ist schön bei euch – ich hatte es ganz vergessen." Nachdenklich strich Euliste über die Blumen in ihrer Nähe.

„Ach – du warst schon einmal hier? Wann? Ich erinnere mich nicht, dich schon einmal gesehen zu haben – und doch war ich schon immer hier." Crear schien ernsthaft interessiert an ihr zu sein.

„Das ist schon lange her – ich lebte mit meiner Familie in der Stadt, doch wir mussten gehen..."

„Das tut mir leid – vielleicht hätten wir uns dann schon früher treffen können..."

Plötzlich beugte sich Gouma zu mir herüber um flüstern zu können. „Wir sollten die beiden nicht so belauschen."

Ich antwortete nicht.

Unten sprach gerade wieder Crear. „Ich fühle mich dir so seltsam verbunden..." Er versuchte sich aber nicht ihr zu nähern.

„Wir müssen aufpassen, dass Louvis nichts hiervon erfährt." Euliste schien wie Crear zu fühlen.

Seine Antwort verstand ich nicht, da Gouma wieder flüsterte. „Also ich werde gehen – wir sehen uns dann nachher." Meine Hand kurz drückend erhob sie sich und verschwand in den Gängen.

Ich wusste, ich sollte es nicht tun, doch blieb ich, um den beiden drunten weiter zuzuhören – aber sie waren verschwunden. Ob es wegen uns gewesen war? Bei unseren üblichen Treffen in den nächsten Wochen erwähnte es Crear aber mit keinem Wort.

Etwa eine Woche später war ich gerade auf meinem Weg in die Vorratslager, die zu überprüfen auch meine Aufgabe war, da kreuzte Caeryss meinen Weg; scheinbar mehr absichtlich denn zufällig.

„Kammerherr Doubal! - Eilzen – wohin des Weges?" Nachdem ich sie sowohl darüber als auch über meine Absichten dort aufgeklärt hatte, bestand sie darauf mitzukommen. „Vielleicht kann ich dir helfen?"

Das war nicht Caeryss wie ich sie kannte, also ließ ich sie gewähren, hauptsächlich um meine eigene Neugier zu befriedigen.

Kaum waren wir also im Mehllager angelangt, da fragte ich sie. „Was willst du wirklich? - Gibt es neuen Klatsch den du jemandem erzählen musst?"

Sie streckte mir die Zunge raus, also schien ich Recht zu haben. „Du wirst nie erraten, was eben geschehen ist!"

„Nun?"

51

„Eigentlich wollte ich wirklich etwas Mehl von hier holen, doch der Gesandte – Louvis – kam zur Küche. Du musst wissen, er kam schon mehrmals, um sich etwas zu Essen zu holen – und immer hat er dabei mit mir geredet – mir gesagt wie schön doch mein Haar sei und wie gut das Essen schmeckt – naja, eben fragte er, ob ich nicht mitkommen möchte nach Barga."

Ich hielt mit dem Zählen der Mehlsäcke sofort inne und blickte sie ernst an.

„Ich hoffe du bist vernünftig genug, nicht darauf hineinzufallen – außerdem scheint ihm das Fräulein Euliste versprochen."

„Ach, du bist so ein Griesgram, lass mir doch auch mal meinen Spaß – außerdem; auch die Frau Teule scheint sich sehr gut mit ihm zu verstehen. Ich habe sie jetzt schon mehrmals Abends miteinander reden hören."

„Teule stellt sich mit jedem gut, der ihr einen Vorteil bringen könnte. Sie wollte sogar mich schon einmal auf ihre Seite ziehen, doch ich hoffe, wir konnten uns auf einen Waffenstillstand einigen."

„Vielleicht werden Teule und Louvis ja das neue Traumpaar der Burg, nachdem Crear kaum auf sie zu hören scheint und sie Maereth nun nicht mehr alleine treffen kann."

Bei dem Gedanken schauderte es mir. „In dem Fall sollten wir aber sehen, dass wir eine andere Burg für uns finden."

Caeryss lachte bloß. „Aber nun muss ich los – ich soll dem Fräulein Euliste helfen sich nachher heimlich mit Crear zu treffen." Sie lächelte erneut ob meines verwirrten Ausdrucks, blinzelte mir zu und verschwand wieder. Ich blieb allein mit Mehl, Käse, eingelagertem Obst und geräuchertem Fleisch zurück.

Bereits zwei Wochen später war das große Unglück geschehen. Ich kam gerade aus den Gemächern unserer Besucher, die sich über fehlendes Wasser beschwert hatten, da eilte Baggris, der oberste Knecht des Maereth, auf mich zu.

„Herr! - Herr Doubal! - kommt schnell zu meinem Herrn – es ist schrecklich!" Angst, Aufregung und Atemlosigkeit zeichneten den Mann, dass ich Schlimmes befürchtete.

„Was ist geschehen?"

Doch er antwortete nicht. „Kommt schnell! - man braucht euch!"

53

Und ich ließ mich von ihm zu den Gemächern des Tereanv führen, wobei er mehr lief als auf mich wartete. Dort angelangt sah ich bereits die Versammlung, die mehr als tausend Worte sprach.

Ausgerechnet Teule sah mich als Erste. „Kammerherr – da seit ihr ja endlich – ich glaube ihr kennt eure Aufgaben – bereitet die entsprechenden Abläufe vor."

Während ich mich noch fragte wie es diese Frau schaffte dem Tod ihres Sohnes so gleichgültig und kalt gegenüber zu stehen, erreichte auch Louvis den Ort.

„Ich habe es gehört – ist er wirklich tot?" Crear und Faulass nickten ihm zu; ersterer seltsam unberührt guckend, zweiterer mit traurigem Blick. „Dann übermittelt der König hiermit erneut Beileid und seine Grüße dem neuen Tereanv." Er nickte Crear zu. „Doch bevor ihr ihn verbrennt, lasst mich bitte Körper und Gemächer prüfen."

„Wozu? - Ihr kennt die Totenruhe."

Crear schien dies nicht zu gefallen – da mischte sich Teule ein. „Er hat Recht – lass ihn gewähren, Enkel – Tereanv."

Und auch der alte Faulass erhob zitternd seine Stimme. „Glaubt ihr etwa – oh..."

Da sah ich mich gezwungen zu unterbrechen – die Gewöhnung hatte mich wieder im Griff. „Ich werde die Festlichkeiten vorbereiten – sagt mir bitte, wann ihr mit ihm fertig seid."

Crear war nun der neue Tereanv.

Seine ersten Anweisungen ließen nicht lange auf sich warten. „Jetzt geht – ihr alle – trauert. Wir sehen uns heute Abend. - Louvis, ich werde euch helfen."

Ich wartete nicht lange um von diesem Ort fortzukommen. Gedankenverloren strollte ich in die Küche, um Caeryss und den anderen Anweisungen zu geben.

Erstere hielt die Verhältnisse in der Burg treffend fest. „Diese Familie stirbt schneller als die Fliegen."

Ich konnte nur hoffen, dass es mit Crear nicht auch so geschah. Doch sollte sich alles ändern, auch Crear.

IV: Härte, wenn Härte notwendig ist.

Wieder einmal hatte ich alle Hände voll zu tun, die Ernennungsfeierlichkeiten für einen neuen Tereanv vorzubereiten, der diesmal ausgerechnet unser junger Crear Ataurass sein sollte. Dies als erstes zu vollführen stellte zum Glück kein Problem mit der Sitte dar, war Louvis doch noch nicht mit seinen Untersuchungen fertig geworden. Rechtzeitig zu Beginn der Veranstaltung erschienen Crear und Louvis im Thronsaal; ersterer um auf dem Thron Platz zu nehmen, zweiterer um beizuwohnen. Wie immer waren nur einige Adlige und Diener anwesend und seiner Aufgabe als Hofmeister folgend überreichte der alte Pyn dem jungen Crear den Familienstab, was ihn zum Tereanv von Lurut machte.

Danach hielt Crear seine erste Ansprache. „Wie ihr wisst, bekam ich dieses Amt nur durch unglückliche Umstände. Mein Ziel ist es, dafür zu sorgen, dass so etwas nicht noch einmal geschehen kann; die Familie Elorm soll gestärkt und nicht geschwächt werden. Also, Louvis – lasst hören, was ihr zu berichten habt."

Dieser verharrte an seiner Stelle in der kleinen Menge, doch schienen alle einen Schritt von ihm fortzugehen, als die Aufmerksamkeit auf ihn gelenkt wurde. „Danke – ja, ich habe Maereth gründlich untersucht und es steht ohne Zweifel fest, dass er – vergiftet wurde."

Ein entsetztes Raunen ging durch die Versammelten. - Nun tut doch nicht so unschuldig unwissend! Wollte ich ihnen zurufen, doch hielt ich an mich.

Teule fand als erste wieder Worte – kaum überraschend. „Das ist – das ist – empörend! Wie kann es jemand wagen, einen Angehörigen der Familie Elorm – den Tereanv! - zu vergiften? - Wer war es?"

„Nun – das weiß ich nicht – viele könnten es sein – jeder, der einen Groll gegen ihn hegte oder davon einen Vorteil hätte." Ob ich der einzige war, der seinen Blick zu Crear verdächtig - verdächtigend – fand?

Crear zumindest schien nicht darauf einzugehen; machte sich bereit seine ersten Befehle zu geben. „Das bedeutet also, wir müssen die Burg durchsuchen. Möglicherweise ist der Mörder einer von uns. - Errist!"

Der Anführer der Burgtruppen trat vor. „Ja, Herr?"

„Durchsuche jedes Gemach – wenn dich jemand hindern will, lasse ihn verhaften." Laute Widersprüche gingen durch den Saal. „Ruhe! - Nun bin ich euer Tereanv – lasst uns wieder ein sicheres Leben herstellen!"

57

Doch Louvis sprach noch einmal. „Wir sollten noch etwas bedenken – wenn Maereth vergiftet wurde, könnte es bei Shaen auch so gewesen sein – aber wer hätte einen Nutzen davon?"

Crear blieb trotz dieser versteckten Anschuldigung erstaunlich ruhig. „Mir fallen da viele ein; schon allein die halbe Familie. Denkt darüber nach – aber nun geht. - Ihr alle! Die Versammlung ist hiermit aufgelöst. In zwei Stunden wird Maereth auf den Hügeln verbrannt. Bezeugt ihm eure Ehre!"

Damit wurden wir also aufgefordert zu gehen und uns bereit zu machen. Die Ehrbekundigungen für den Verstorbenen waren wie üblich ebenfalls kurz und auf das Nötigste beschränkt, doch kam auch Volk aus der Stadt hinzu. Die ganze Zeit über ging es mir aber nicht aus dem Sinn, wie hart und geübt Crear an all dies herangehen konnte. Und die kommende Zeit ließ ihn nur noch schlimmer werden.

Eines Abends rief er mich in seine Gemächer, da wir uns aufgrund seiner neuen Verantwortungen nur noch schlecht bei mir treffen konnten. Sein Gesicht zeigte mir wie immer alles, was er tagsüber unterdrücken musste;

nun mehr denn je zuvor. Ich sah den üblichen Zorn, die Unruhe, diesmal aber auch – Schmerz.

„Crear – geht es dir nicht gut?"

Dieser verzog kurz das Gesicht. „Ach! - Es ist soviel – und soviel Unsinn! - Wusstest du, dass ich immer Kopfschmerzen bekomme, wenn jemand wie Louvis oder Teule auf mich einspricht? Und seit kurzem werden sie immer schlimmer – soviele, die auf mich einsprechen, die etwas wollen – manchmal wünschte ich, sie alle loszuwerden."

Besorgt sah ich zu, wie sich Erschöpfung in seine Züge schlich und er sich auf ein Sofa setzen musste. „Vielleicht tust du zuviel – vielleicht solltest du dir einige Aufgaben abnehmen lassen."

Sein Ausdruck wurde spöttisch. „Von dir zum Beispiel?" Mein Blick dagegen musste nun Schreck verraten haben. „Ach, verzeih mir." Und damit wechselte er plötzlich die Gesprächsrichtung. „Weißt du, was man von mir in der Stadt erzählt?"

„Ja, ich habe einiges gehört – im Grunde genommen dasselbe, was man sich über Maereth erzählte, als Shaen starb."

„Das ist richtig - aber scheinbar ist es schlimmer. Errist sagte mir, man munkelt, *ich* hätte *beide* ermordet. Was sagst du dazu?"

„Hmm.. - es ist nicht gut, wenn ein Volk so etwas von seinem Herrscher denkt — du solltest etwas deswegen unternehmen."

„Ah, seit wann kennst du dich mit den Pflichten eines Herrschers aus? - Etwa ein Buch gelesen? - Aber natürlich hast du Recht, ich muss und werde etwas unternehmen. - Wenn mich doch nur nicht immer diese Kopfschmerzen vom Denken abhalten würden..."

„Soll ich dir die Kräuterfrauen schicken?"

Crear zögerte. „Besser nicht — erst, wenn wir den oder die Verantwortlichen gefunden haben — wer weiß, vielleicht würden die Frauen mich ja vergiften wollen?"

„Gibt es sonst etwas, das ich für dich tun kann?"

„Ja — halte mir Teule und Louvis vom Hals — die beiden brüten etwas aus — ich kann es spüren."

„Das wird schwer — aber ich seh', was ich tun kann."

Am nächsten Tag erblickte ich Teule mit Crear zusammen im Hofgarten. Ich konnte nicht umhin, sie aus dem Schatten des Bogenganges heraus neugierig zu belauschen. Leider verstand ich nicht alles, was sie besprachen, doch schien Crear ihrer Gegenwart nun gar nicht mehr so überdrüssig zu sein wie noch zuvor. Die Brocken ihres Gespräches, die auch ich verstand, verwirrten mich, ergaben sie für sich allein doch keinen Sinn, aber mehrmals hörte ich die Namen Louvis, Maereth und Baggris. Ich hielt meinen Posten noch für eine Weile – doch ohne Erfolg, dann verabschiedeten sie sich – wie Großmutter und Enkel; nicht wie Feinde.

Am nächsten Morgen ließ Crear eine Handvoll Burgvolk, darunter auch mich, zu sich in den Thronsaal rufen. Herrschaftsvoll zu sitzen verstand er bereits gut, doch Louvis ließ sich immer noch nicht von ihm beeindrucken.

„Warum ruft ihr uns bereits so früh zu euch? Besitzt ihr nicht den Anstand, wenigstens bis nach der Morgenreinigung zu warten?"

„Seid still, Louvis; euer Gastgeber hat wichtiges zu verkünden." Errist zur rechten der Thronstufen sowie die üblichen Wachen am Saaleingang waren als einzige bewaffnet.

„Danke, Errist – also Louvis, eure Neugierde soll befriedigt werden. Wie ihr alle wisst, wurde die Burg nach Giften und einem Mörder des Maereth abgesucht –

und heute Nacht fand sich ersteres und damit dann auch zweiteres."

Unter den wenigen Anwesenden entstand Gemurmel.

Wieder einmal hielt Teule es nicht aus. „Nun sag schon – wer war es?"

Crear sah sie an als wollte er noch etwas anderes erwidern, doch wandte er sich schließlich an Errist. „Lass ihn hereinbringen."

Begleitet von dem leichten Raunen der Zuschauer begab sich Errist zu einer Seitentür des Saales, öffnete diese und gab seine Befehle. Kurz darauf nahm das Raunen einen anderen Ton an, als zwei Wächter von Errist einen weiteren Mann hereinführten, der nicht bedroht wurde oder in Ketten lag, doch sichtlich große Angst hatte – Baggris, der Diener des Maereth, wurde beschuldigt, seinen eigenen Herrn ermordet zu haben. Als er mit seinen Begleitern in der Mitte des Saales stand, zwischen den Zeugen und Crear, erhob dieser seine Stimme.

„Du bist Baggris und warst lange Jahre Diener meines Onkels Maereth – stimmt das?"

Als der Angesprochene antwortete, zitterte seine Stimme. „Ja – Herr."

„Du warst also über Jahre hinweg der Vertraute meines Onkels..." Baggris nickte. „...sag mir, warum dann hast du ihn ermordet?"

Die Versammelten blickten teils ungläubig, teils verachtend; Baggris dagegen wie ein in die Enge gedrängtes Tier. „Das habe ich nicht!"

„Und wie kommt es dann, dass du in deinem Zimmer einen Wirkstoff – ein tödliches Gift – das selbe Gift, mit dem Maereth ermordet wurde – lagerst?"

Baggris sah sich erfolglos hilfesuchend um. „Er gab es mir ein paar Wochen vor seinem Tod – ich wusste nicht, was es war – ich schwöre es!"

„Warum sollte dir mein Onkel ein Gift geben – Warum sollte er so dumm gewesen sein, dir in die Hände zu spielen? - Ich frage dich ein letztes Mal: Warum hast du ihn ermordet?"

„Das habe ich nicht!" Baggris schien verzweifelt.

Crear wurde immer härter, dass mir schauderte. „Nun gut, dann sage ich dir, warum du es getan hast: Vor einem Jahr begegnete Maereth einer Schwester von dir. - Sie gefiel ihm; er ihr jedoch nicht. - Er missachtete alle guten Sitten und nahm sie mit Gewalt, dass sie dabei starb. - So etwas haben auch schon andere Tereanv vor

63

ihm getan. - Du aber schworst Rache an Maereth. - Stimmt das so?"

„Ja, er hat sie getötet! - Doch ich würde niemals...!"

„Ich habe genug Zeugen, die gesehen haben, wie sehr deine Liebe zu meinem Onkel in Hass umschwang. Leider war er nie schlau genug gewesen, dich zu entlassen; wollte dich mit seiner Anwesenheit quälen."

Im Saal gab es zustimmendes, überraschtes und entsetztes Gemurmel.

Da sprach Louvis. „Jetzt hört endlich auf mit diesem Possenspiel und werft ihn in den Kerker!"

Zwei oder drei Stimmen gaben ihr Einverständnis.

Doch Crear war anderer Meinung. „Nein, es sollen alle sehen, dass man einen Tereanv nicht so behandeln kann – heute Mittag gleich wird er in der Stadt gehängt werden."

Baggris brach sogleich zusammen. Einige Anwesende waren bestürzt, andere stimmten zu. Ich aber wunderte mich, zu was Crear fähig war.

Nachdem Baggris wieder weggebracht und die Versammlung aufgelöst wurde, sah ich Teule zu Crear gehen. „Ich bin überrascht Enkel – du machst dich."

Crear sah ihr nicht hinterher, als sie ging – doch Louvis folgte ihr sogleich. Ich überlegte kurz das Wort an Crear zu richten, nach einem Blick auf Errist ließ ich es jedoch sein. Stattdessen nahm ich mir den Nachmittag frei um runter in die Stadt zu gehen, wo sich am Markt dann eine kleine Menge eingefunden hatte, der Hinrichtung des Baggris zuzusehen. Niemand der Anwesenden schien ihn zu kennen; sie alle waren bloß glücklich, ihren Hass auf jemanden lenken zu können, denn obwohl Maereth und Shaen kaum Zeit zum Wirken gehabt hatten, waren die Bürger zumindest bis Gurass der Familie Elorm ergeben gewesen, die der Stadt seit Jahrzehnten steigenden Wohlstand brachte – und nun achteten sie auch Crear, wo doch alle Verdächtigungen ihm gegenüber ihren Grund verloren hatten. Niemand sprach für Baggris; niemand nahm Anteil an seinem Schicksal. Als er auf die Erhöhung gebracht und vorgestellt wurde, entschied ich mich dazu wieder zu gehen, wollte ich doch nicht noch mehr sehen.

Die Gerüchte und Gespräche über Crear ließen aber nicht völlig nach. Nachdem das Volk nun zwar einigermaßen beruhigt worden war, begann der Adel immer mehr zu vermuten, Geschichten zu spinnen. Neu

65

war eigentlich keine davon, doch die Kreise in denen sie umgingen umso einflussreicher. Bald ging dies so weit, dass Crear handeln musste und einen der lautesten Schwätzer zu sich in den Thronsaal rief.

„Werter Paush – leider wurdet ihr uns die letzten Tage vor allem aus euren Reden über uns bekannt – leider deshalb, weil diese Reden nicht angenehm waren."

„Aber – Herr! - nie hätte ich etwas Schlechtes über euch gesagt!"

„Ah – ein Lügner auch noch? - Aber gut – Paush: Eure Familie ist schon lange an diesem Hof – und hat meinen Vorgängern wohl gute Dienste geleistet... - Wisst ihr, die Dinge, die ihr über uns sagtet, sind natürlich nicht wahr – euch wird nichts geschehen. Im Gegenteil – ich plane, euch für eure langen Dienste gut zu entlohnen." Während Paush ihn überrascht und irgendwie auch geschmeichelt ansah, fuhr Crear fort. „Wie ihr sicher wisst, gehören zu unseren Ländereien auch viele der Grenzmarken. Nördlich von Lurut, tief im Branntwald, liegt Chaensist. In den letzten Jahren kamen oft Banditen aus Panmein dorthin. Ich ließ euch bereits als neuen Verwalter eintragen – man erwartet eure Ankunft bis zum Ende der nächsten Woche."

Paush verließ den Saal hochrot und schien kurz vor dem Bersten zu sein. Seine Abreise erfolgte sehr schnell.

In den folgenden Wochen wurde Crear immer sicherer in dem, was er tat. Zunächst setzte er die Herrschaft über Lurut fort wie gewohnt, doch brachte er nach einer Weile die Pläne des Shaen zur Stärkung Luruts wieder hervor. Paush galt hierbei als erster Wegstein zum Ziel, die Grenze zu sichern. Nach und nach kamen auch vermehrt Gesandte aus anderen Regionen des Landes, allen voran die Nachbarn Luruts, die durch die Stärkung der Grenzen aufgeschreckt worden waren. Im Gegensatz zu Shaen sprach Crear aber nicht offen darüber, die anderen anzugreifen, obwohl alle diese Entscheidung für früher oder später erwarteten - hoffnungsvoll oder ängstlich. Für uns in der Dienerschaft ging das Leben in Lurut aber weiter wie gewohnt, sieht man einmal davon ab, dass der Winter sich näherte.

„Was glaubst du – wird die Herrin Asmyllis je wiederkommen?" Caeryss hörte in ihrer Tätigkeit Teig zu kneten auf und sah mich an, dass auch ich aufhören musste die Vorratslisten durchzugehen.

„Das weiß niemand – aber wie kommst du da jetzt drauf?" Eigentlich hatte ich Asmyllis schon fast vergessen; wie eine alte Liebe.

„Vielleicht könnte sie hier wieder Ordnung schaffen – den Herrn Crear wieder zur Vernunft bringen – und wieder mehr von der Familie in die Burg schaffen; nun, da auch Gasmys und seine Söhne weg sind."

Mit einem Mal hatte sie meine Aufmerksamkeit. „Wie meinst du das – weg?"

Sie sah mich überrascht an. „Sie wurden von Crear an die südliche Grenze gesandt – nach Narattet, soweit ich weiß – müsstest du als Kämmerer das nicht wissen?"

„Ja, das müsste ich wohl." Mit gemischten Gefühlen stand ich auf. „Ich werde mit Crear sprechen müssen." Eilig verließ ich die Küche, einen seltsamen Zorn verspürend; doch war gleichzeitig erleichtert: Nur weggeschickt, nichts schlimmeres. - Ich fand Crear bei Euliste.

V: Freunde bringen auch Feinde.

Ich hatte noch nie so eine beeindruckende Stadt gesehen. Aber immerhin befand ich mich damals in diesem Frühjahr auch in der Stadt des Königs, welche man sich immer eindrucksvoll vorstellt. Barga war die älteste Stadt des Landes – und auch die größte. Mit jedem Schritt spürte man das Alter, welches die Steine der Stadt verströmten. Die Bewohner schenkten uns bei unserer Ankunft nur wenig Beachtung, schienen sie doch zu sehr in ihre eigenen Geschäfte verwickelt zu sein und waren Besucher wie uns sicherlich bereits gewohnt – und letztlich dürfte man Louvis und seine Leute in der Stadt sicherlich zur Genüge kennen.

Wir erreichten eine Woche zu früh die Stadt, da wir mit widrigeren Reisebedingungen gerechnet hatten, doch waren die Straßen bereits besser bereisbar als gedacht. Der Geburtstag des Königs stand an und wir waren nicht die ersten Gäste, so wurden wir erst einmal auf Unterkünfte in der Stadt verwiesen, da in der Burg kein Platz mehr war, wollte man nicht bloß auf dem Fußbogen schlafen, derweil Louvis und seine Begleitung – darunter auch das Fräulein Euliste - dem König bereits ihre

Aufwartung machen durften. Crear dagegen hatte wie alle angereisten Adligen bis zu den Feierlichkeiten zu warten, bevor er dem König vorstellig werden durfte – und ich, der ich nur als Freund des Crear diese Reise mitmachte, hatte tiefstes Mitgefühl mit dem Kämmerer der Burg von Barga, ständen diesem doch anstrengende Tage bevor.

Mit uns kamen einige der Hofadligen, eine Reihe von Knechten und Mägden unter meinem Befehl und natürlich Errist mit einigen Kämpfern als Leibgarde des Tereanv. Daheim in Lurut durfte Hofmeister Pyn die Burg einmal für einen Mond lang nahezu für sich allein haben; was aber natürlich auch bedeutete, dass er auf die verbliebenen Adligen und Mägde achten musste.

Fast eine Woche verbrachten wir in einem Stadthaus des Königs, untergebracht in einem ganzen Stockwerk des Gebäudes, derweil in jeweils einem der zwei anderen der Tereanv von Thyrm und Somm Orichin, Tereanv von Daminro, unterkamen. Beide waren mit ihren Begleitern bereits vor uns angekommen und eifrig uns zu begrüßen und willkommen zu heißen. - Das alte Spiel begann: Beschnuppern; Stärken und Schwächen ausprobieren und herausfinden; sich mit den Starken gut stellen und versuchen die Schwachen zu unterwerfen. Von den beiden anderen Tereanvs war Somm Orichin eindeutig der stärkere und Thyrm ihnen allen unterlegen.

Nach einer Weile trafen Crear und Orichin sich fast jeden Abend wie wahrhaft Gleichrangige. Sie unterhielten sich vor allem über ihre jeweiligen Landesgeschäfte und die angrenzenden Reiche – über Tarle und Panmein. Zwar hatte unser Sacaluma mit beiden lange keine Zwiste gehabt, doch schien dies den Tereanv auch nur wenig zu gefallen – immer wenn ich zufällig etwas aus den Gesprächen aufschnappte, ging es um Schwächen und Stärken der Reiche, welche Landstriche sie hätten, die für Sacaluma interessant wären und um Kriegsgeschichten aus der Vergangenheit – und das, wo Crear kaum Ausbildung an einer Waffe erhalten hatte.

Ich nutzte die freie Zeit meist lieber – allein oder in Begleitung von Knechten oder Kämpfern die ich mochte – um die Stadt zu erkunden. Ja – sie war eine Stadt wie so viele, doch gab es mehr Geheimnisse zu entdecken und man spürte auch, dass die Barger andere Vorfahren hatten denn die Luruten – oder auch die Daminronen und Thyrmen. Es galt eine fast schon neue Welt für mich

71

zu erkunden, und das tat ich dann auch. Hin und wieder sah ich neue Gesandtschaften eintreffen; meist ein Tereanv oder anderen Herrn einer Stadt oder eines Landstriches samt Begleitung, einer mehr herausgeputzt als der andere, als galt es etwas zu gewinnen, seltener auch Stellvertreter, wo jemand nicht selbst erscheinen konnte – und die Barger selber waren eifrig darum bemüht, auch ihre Stadt so schön wie möglich herzurichten, war des Königs Geburtstag doch für alle ein Fest.

Die angekommenen Gesandten aber waren für den betreffenden Tag in die Burg selbst geladen und durften dazu ihre adlige Begleitung sowie ein paar ausgesuchte Diener mitnehmen. - So kam es, dass an diesem Feiertag auch ich in der Burg zugegen war. Mehrere Veranstaltungen waren für diesen kühlen doch sonnigen Tag geplant worden, doch bevor es dazu kommen konnte, sollten sämtliche Gäste gemeinsam den König – ihren König – begrüßen. Hierzu kam der König Jaster Junoh Sacaeran auf einen Balkon hinaus, von dem er den Hof, auf dem sich alle versammelt hatten, überblicken konnte.

Der A'Lhumakrieg

Jaster Junoh war, wie man sich einen König vorstellte, in seinen besten Jahren, die sich jedoch auch schon dem Ende zuneigten, vollbärtig und mit halblangen Locken, beides jedoch schon mit grauen Strähnen versehen. Körper und Geist wiesen Festigkeit und Stärke auf – nur auf Zeichen seiner Macht, wie einer Krone, hatte er verzichtet – doch trug er kunstvolle Festgewänder.
'

Auch seine Stimme war fest – und herrschaftsgewohnt. „Willkommen auf der Burg Barga! - Es freut mich zu sehen, wieviele den Weg auf sich nahmen allein meines Geburtstages wegen hier zu erscheinen! - Mein Hofmeister, Tereanv Feart, hat viel für uns heute vorbereitet! - Aber zunächst einmal – lasst uns frühstücken!"

Das mussten wir uns nicht mehrmals sagen lassen. Das Frühstück wirkte mehr wie ein großzügiges Mittagsessen, wogegen wir nichts einzuwenden wussten. Danach war eine kurze Zeit dafür angesetzt, sich kennenzulernen, bevor es hinaus vor die Stadt für ein öffentliches Turnier gehen würde – und darauf sollten noch das Mittagsessen, Schauspieler, Musikanten und Spiele folgen, bevor es dann zum Abendessen mit abschließendem Ball kommen könnte.

Louvis nutzte den Moment, um dem König unseren Crear vorzustellen – welcher wiederum auch mich dazu holte.

„Ah! - Ihr seid also der neue Tereanv von Lurut! - Erfreut an eurer Bekanntschaft! - Und wehe ihr kniet vor mir."

So blieb Crear dabei sich nur etwas zu verbeugen. „Danke Herr – auch mir ist es eine Ehre."

„Ich hoffe doch – die Reise verlief gut?"

„Wir hatten keine Probleme."

„Gut – in einigen Gegenden soll es nämlich wieder vermehrt Räuber geben!" Dann wandelte sich sein Gesichtsausdruck zu Wehmut. „Ich kannte euren Großvater – Gurass – und auch dessen Sohn, euren Großvater Shaen – um ersteren ist es wirklich schade – ich war tief bestürzt als ich von dem Verlust hörte." Wieder ließ er Crear nicht zu Wort kommen, wandelte sich sein Gesichtsausdruck doch sofort wieder in Freude. „Aber reden wir von den schönen Dingen des Lebens! - Ihr kennt sicher meine Kinder noch nicht – darf ich sie euch vorstellen?" Ohne zu warten gab er ein Zeichen und

74

aus dem Hintergrund traten wie bestellt ein junger Knabe und ein etwa volljähriges Mädchen. „Das sind mein Sohn und Nachfolger Jerris und seine Schwester Emmistat; Verlobte des Tereanv Fouchal Demaun von Gernin."

Artig verbeugten sich die Kinder. Man kann wohl von Glück sprechen, dass nur ich die Blicke zwischen Crear und Emmistat bemerkte, hätte es doch sonst zu vielen Unannehmlichkeiten führen können. So aber blieb es mein Geheimnis, wie Crear ein neues Interesse fand.

Jaster Junoh redete dagegen bereits weiter. „Leider kann ich euch meinen Jüngsten nicht vorstellen; er muss gerade schlafen und wird von seiner Amme umsorgt." Der König lachte, als hätte er einen guten Scherz gemacht. Dann blickte er wieder traurig. „Was seine Mutter ja nicht mehr tun kann."

Das hörte ich kaum, da ich bereits überlegte, wie ich Crear nun von diesem mitteilsamen Herrscher befreien könnte, doch mischte sich jemand neues ein.

Ein Mann mittleren Alters mit Spitzbart und kurzgehaltenen Locken stellte sich rechts von uns auf. „Herr – verzeiht. - Meine Schönheit..." Damit ergriff er die Hand der Emmistat um sie zu küssen.

„Ah! - mein zukünftiger Sohn!" Der Ankömmling verneigte sich leicht vor ihm. „Sagt – habt ihr euch schon vorgestellt?" Damit meinte er Crear und den Mann, die beide verneinten. „Tereanv Crear Ataurass Elorm von Lurut – darf ich euch Tereanv Fouchal Demaun von Gernin vorstellen? Oder wie er es lieber hat: Geroux. - Verlobter meiner Tochter, zukünftiger Sohn meines Wesens!"

Die beiden Genannten begrüßten sich mit abschätzenden Blicken, dann sprach Demaun. „Es ist mir eine Freude – ihr seid der neue Herr von Lurut? Nach allem was ich hörte hoffe ich für euch, dass ihr es länger bleiben könnt als eure Vorgänger." Wieder konnte man nur von Glück reden, dass der König den Unterton dieser Rede nicht mitbekam.

Kurz darauf dann wurden wir auch bereits entlassen, als es für den König galt, noch mit anderen zu sprechen, bevor die Festlichkeiten fortgesetzt werden würden. Später bei den Schaukämpfen und auch den Schauspielen nach dem Mittag bekam jede Gruppe ihre eigenen Plätze. Crear, der mal wieder über Kopfschmerzen klagte, entsandte mich um durch die Ränge zu gehen und zu lauschen, was man sich so erzählte. Erstaunlich viele unterhielten sich auch tatsächlich über ihn – der etliche Pausen und Ausflüchte nutzte sich mit Euliste zu treffen und auf seinem Platz aber meist nur Augen für Emmistat hatte. Einige Adlige meinten andere, die noch nicht davon gehört hatten, über das Schicksal von Crears Vorgängern unterrichten zu müssen. Immer wenn die Angesprochenen dann vermuteten, dass Crear selber vielleicht seine gewandten Finger mit im Spiel gehabt haben könnte, schilderte man dann den Fund des Giftes bei dem armen Baggris, dem Diener des Maereth und seiner schnellen Hinrichtung. Einige konnten für Crears Handeln wirklich nur noch Zustimmung finden, andere wagten zu bezweifeln, dass Baggris wirklich schuldig gewesen wäre.

„Ich glaube ja, der Tereanv Crear brauchte damals nur dringend einen Schuldigen, um von sich selber abzulenken." Rückblickend betrachtet komme ich nicht umhin zu behaupten, dass Fouchal Demaun von Gernin sehr wohl wusste, dass Crear ihn hören würde, als er diese Worte während der Vorführung eines Musikstückes im Hofe der Burg zu Somm Orichin von Daminro sprach.

Und Crear, der immer noch an Kopfschmerzen litt, konnte diesmal nicht an sich halten. Den ganzen Tag schon hatte Demaun versucht Gerüchte über ihn zu verbreiten; dies ging nun zu weit.

„Tereanv Fouchal – ich muss euch leider bitten aufzuhören falsche Reden über mich zu verbreiten. - Danke."

Doch Demaun lächelte ihn nur höhnisch an. „Ich sage doch überhaupt kein falsches Wort."

„Tereanv – das ist meine letzte Warnung – hört damit auf."

„Und wenn ich es nicht tue? Was geschieht dann?"

Ich hatte das Gefühl zwei kleinen Kindern zuzuhören; auch wenn der Ton gehobener war.

„Dann, mein Lieber, wird meine Geduld mit euch zuende sein – und wir sollten das nach den alten Bräuchen klären."

Nun musste Demaun wahrhaftig grinsen. „So gefällt mir das! - Ist euch nach oder vor dem Abendessen lieber?"

„Auch wenn ihr mir das als Feigheit vorwerfen werdet, nenne ich es Vernunft: Lasst es uns auf morgen Früh verschieben; der König sollte es heute lieber nicht erfahren."

Zum abendlichen Ball war ich nicht mehr geladen, so erfuhr ich davon nur von Crear selbst. Dieser erzählte mir, wie Demaun weiterhin von seinen kleinlichen Sticheleien nicht ablassen konnte und er versuchte es nicht zu beachten, um ihn dafür am Morgen umso mehr zu strafen. Dies hielt ich für sehr weise. Stattdessen nutzte er seine steten Kopfschmerzen als Vorwand, um sich alsbald vom Ball zurückziehen zu können – es war die einzige Möglichkeit für ihn, sich noch einmal in Ruhe mit Euliste zu treffen. Davon aber verriet er mir nicht viel und als er – seinen Worten nach – zum Ball zurückkehrte war dieser bereits dabei sich aufzulösen.

Früh am Morgen dann half ich ihm, seine Fechtausrüstung anzulegen. „Machst du dir keine Sorgen um Demaun?"

„Warum sollte ich? Wenn nicht heute, dann wird ihn sein Schicksal ein anderes Mal ereilen – und mich ebenso."

Wenig später – immer noch vor dem Frühstück – trafen die beiden sich, begleitet von Freunden und Dienern, auf einem Feld hinter der Stadt.

„Ihr seid bereit."

„Ja – ihr auch."

Es wurden wirklich nicht viele Worte gewechselt, da stürmten sie bereits aufeinander ein. Noch vor seiner

79

Ankunft an diesem Ort hatte Crear von Somm Orichin erfahren, dass Demaun ihn öffentlich als Lügner und Mörder bezeichnet hatte. Es folgte Hieb auf Hieb und auf beiden Seiten wurde Blut vergossen, nachdem sich beide als ungeübte Kämpfer herausstellten.

Es dauerte aber nicht lange, da wurden sie unterbrochen – ein Dutzend Kämpfer des Königs selbst waren erschienen. „Halt! - Im Namen des Königs: Ihr seid hiermit beide verhaftet! - Das Kämpfen ist auf dem Grunde Bargas untersagt! - Wir sollen euch beide, meine Herren, zum König bringen."

Und so geschah es denn. Die Versammlung wurde aufgelöst; wir sollten unseres Weges gehen, derweil unsere Herren beim König vorstellig wurden. Zwar versuchte ich dem Tross unauffällig zu folgen, doch kam ich nur bis zum Tor der Burg; danach musste ich umkehren. Crear und Demaun wurden noch bis zum König selbst gebracht und sahen nun das erste Mal dessen Thronsaal. Er war – milde gesagt – sehr erzürnt, als er von diesem Treffen zum Kampfe erfahren hatte. Nicht nur, dass so etwas in der Stadt an sich schon verboten war, nein, sie als Adlige hatten damit auch noch ein besonders schlechtes Beispiel für das Volk gegeben.

Seine Strafe war kurz aber bestimmt: Beide hatten –
zusammen mit ihren Begleitern – umgehend Barga zu
verlassen. Täten sie das nicht, müsste man sie ächten
und vertreiben.

Selten hatte ich Crear so wütend erlebt wie in diesem
Moment, als er uns davon berichtete. Er erzählte nur das
Notwendigste, wollte mit niemanden reden und ließ uns
sofort packen.

Wenig später waren wir auf dem Weg zurück nach
Lurut.

Crear blieb lange Zeit grübelnd und planend allein.

VI: Nicht alles ist kaufbar: Wer für seine Liebe töten würde...

Ein ganzes Jahr sollte nun vergehen, bevor die großen Unglücke begannen. Nach seiner beschämenden Abreise aus Barga war Crear lange Zeit weniger gut gestimmt.

„Wir kann er es wagen, mich – mich! - einfach so aus der Stadt zu werfen? - Er weiß doch, wer und was ich bin!"

„Nun, du hast gegen geltendes Recht verstoßen..."

Wütend schlug Crear gegen den Schild an meiner Wand – lange würde dieser nicht mehr leben. „Geroux hat das! - Er hat mich dazu getrieben!"

Seit unserer Abreise nannte er den Tereanv von Gernin nur noch bei dem alten Namen dessen Stadt: Geroux statt Gernin. Was das zu bedeuten hatte wusste ich mir nicht zu erklären.

„Was hast du vor?"

„Ach, ich weiß es..." Plötzlich sackte er in sich zusammen, lehnte sich vorher noch mit dem Rücken an die Wand, bevor er an dieser herabrutschte.

Seine Hände hatte er seitlich an seinen Schädel gepresst; die schmerzverzerrt Fratze erschrak mich zutiefst.

„Crear?" Hastig sprang ich auf, riss die Tür meines Zimmers auf und schrie um Hilfe.

Später rügte er mich für mein Verhalten; es sollte nicht die ganze Burg wissen, unter welchen Schmerzen er manchmal litt. Die Kräuterfrauen wussten mit ihm sowieso kaum etwas anzufangen, doch waren sie Meisterinnen des Tratsches, weshalb auch bald so alle unterrichtet schienen. Natürlich wurden seine Schmerzen davon auch nicht besser, schienen eher immer schlimmer zu werden. Das Burgvolk ging unterschiedlich damit um. Einige begannen ihn zu meiden, andere meinten es ausnützen zu können und fast alle tuschelten heimlich über ihn.

„Wenn ihr mir diese Bemerkung gestattet; der junge Tereanv scheint wahnsinnig zu werden." Der alte Faulass sprach dies wie beiläufig, als ich eigentlich mit ihm und zwei anderen Hofadligen die Vorbereitung zu Crears Geburtstagsfeierlichkeiten besprechen wollte.

„Was?" Die Bemerkung hatte offensichtlich nicht viel mit Wildbret zu tun, weshalb ich zunächst nicht wusste, was er meinte.

„Wie kommt ihr da jetzt drauf?"

„Ich habe schon länger darüber nachgedacht. Ist euch nie dieser Blick aufgefallen, den er manchmal hat? Und gestern hat er die alte Gouma in den Schlamm gestoßen, als sie ihn bei einem seiner Anfälle im Weg stand..."

Da krachte auf einmal etwas. Überrascht wendete ich mich und sah Crear in den Raum mit geschwinden Schritten eilen, in der Hand einen Holzscheit schwingend – nein; ich erkannte: Es handelte sich um ein Stuhlbein; den Rest des Stuhles hatte er an dem Durchgang zum Raum zerschmettert.

„So also sprecht ihr über euren Herrn?"

Schneller als wir handeln konnten hatte er bereits Faulass erreicht und schlug dem Alten mit dem Stuhlbein über den Schädel. Während Faulass blutend in die Knie ging, konnten wir anderen Drei einschreiten. Wir hielten Crear und das Bein mit Mühe davon ab, tödliche Schläge zu verteilen, bis Crear irgendwann plötzlich bewusstlos zusammenbrach.

Der A'Lhumakrieg

Später erinnerte er sich an nichts von dem Geschehenen mehr; zu unserem Glück, hatten wir doch immerhin unsere Hände gegen unseren Herrn erhoben. Niemand von uns wagte es ihm zu erzählen, waren wir doch zu tief erschüttert; Faulass verließ eines Tages schweigend die Burg und kehrte auf den Gutsbesitz seiner Familie zurück.

„Warum verlässt uns Faulass denn?" Crear stand auf dem Balkon über der Eingangshalle und sah der Kutsche des Adligen verwundert nach, wie sie schwer bepackt den Hof verließ.

Mir war es unangenehm zu antworten. „Er meint, eine Zeit draußen auf seinem Anwesen würde ihm gut tun."

Schweigend nickte Crear, bis er dann das Gespräch auf anderes lenkte. „Wir können sein Zimmer vermutlich auch gut gebrauchen – ich erwarte Gäste aus dem Reich – und du solltest dich fortan auch nicht wundern, wenn Besucher aus anderen Ländern dabei sind. Lurut sollte sich nicht mehr einzeln in Sacaluma verstecken, findest du nicht auch?"

Ehrlich gesagt wusste ich nichts darauf zu antworten: Ich leitete vielleicht eine Burg, aber nicht einen ganzen Landstrich.

„Gut, dann werde ich... Crear?"

Ohne Vorwarnung waren Tränen auf sein Gesicht getreten. „Ich vermisse sie..."

„Was? - Wen?"

„Sie alle... die nicht mehr sind... Euliste, die in Barga bei Louvis ist... meinen Vater, der nicht mehr unter uns ist... meine Mutter, die ich nie gekannt habe... Asmyllis, die schon solange verschwunden ist..." Seine Stimme verschwand unter Schluchzen.

„Crear..." Nicht recht wissen, was ich tun soll, legte ich ihm eine Hand auf die Schulter.

Plötzlich warf er sich in meine Arme. „Ich vermisse sie!"

Wen genau er nun meinte vermag ich aber nicht zu sagen, doch auf einmal war er wieder der verängstigte Junge von damals.

Einige Zeit darauf – es war schon wieder Sommer – kamen vermehrt seltsame Gestalten zu Besuch auf die Burg. Männer, die ich nie zuvor gesehen hatte, kamen und gingen, blieben einige Tagen und waren dann wieder verschwunden. Männer aus verrufenen Gegenden waren sie: Luftig gewandete Geschäftsleute aus der Tolum, schmierig düstere Geldsäcke aus Icran und andere, die

86

ich nicht erkannte. Jeder stank förmlich danach, sich für Geld zu verkaufen und keiner hätte je mein Vertrauen erringen können.

„Diese Männer, die da immer zum Tereanv kommen – sie gefallen mir nicht." Caeryss sah Gouma an, die bedrückt nickte.

„Einer dieser Kerle hat sogar schon versucht mich in sein Bett zu bekommen – mich alte Vettel! Ha!"

„Du bist nicht alt."Doch sie schien meinen Einspruch gar nicht zu hören.

„Manchmal frage ich mich wirklich, was aus meinem kleinen Jungen Crear geworden ist.

„Hmpf! -Ja, er verhält sich immer sonderbarer. Mal ist er ganz der Alte; mal ein fieses Monster, das seine Diener schlägt und manchmal auch ein windiger Geschäftsmann, wenn er sich mit diesen Gestalten trifft." Caeryss wollte schon fröhlich weiterschnattern, da erschien Hofmeister Pyn am Gartentor.

Er war außer Atem. „Herr Doubal! Endlich finde ich euch! - Bitte kommt doch mit – der Tereanv brach vor einer Stunde zusammen und ist seitdem nicht wieder erwacht – kommt bitte schnell!"

Ich wechselte mit Gouma und Caeryss noch besorgte Blicke, dann folgte ich ihm den langen Weg hinauf zu Crears Gemächern.

Wie sich noch zeigen sollte, blieb dies nicht das einzige Mal, dass Crear unter Schmerzen zusammenbrach. Meist jedoch konnte er die drohende Gefahr zukünftig rechtzeitig erkennen und sich zurückziehen, was natürlich für Geschäfte nicht sehr förderlich war. Die Kräuterfrauen konnten ihm nicht helfen; sie alle wussten sich gegen Crears Leiden nicht recht zu helfen. Sehr zu meinem Missfallen brachte Teule ihm eine Mischung, die gegen seine Schmerzen helfen sollte, sofern er immer ein paar Tropfen nähme. Zwar schienen sie ihm wirklich ein wenig zu helfen, doch vor allem eher schrecklich stark an Teule zu binden, was er dieses Mal nicht bemerkte. Nur ich schien noch auf ihn aufpassen zu wollen, wenngleich ich es nicht wagte, ihm meine Befürchtungen selbst zu sagen — lieber hielt ich mich bedeckt und beobachtete alles aus Verstecken heraus.

So auch an einem Tag, als Teule ihren Großenkel im alten Kartenraum antraf — und ich 'zufällig' draußen vor dem Fenster war. Ich hatte nicht gewusst, was Crear dort suchte, doch war er schon seit etwas mehr als einer

88

Stunde dort drinnen am herumwühlen – und lange hätte ich nicht mehr ausharren können.

„Ah, Crear! Was machst du denn hier?" Schrecklich süß klang ihre Stimme.

„Dasselbe könnte ich dich fragen – aber wozu schon? Ich suche Karten – von der Burg, der Stadt, dem Land, dem Reich... - ich muss wissen, was wo liegt – und auch, wem was gehört."

Plötzlich erschien Teules Stimme nah am Fenster; nah bei mir. „Da könnte ich dir doch helfen – lass mal sehen." Etwas raschelte. „Du musst wissen, wer dem Reich Lurut etwas schuldig ist – wer ihm treu ist – und wer schon immer unser Feind war."

„Ich habe es mir bereits mit Gernin und Barga verscherzt – nächste Woche kommt Tereanv Somm Orichin von Daminro zu Besuch – er könnte mein stärkster Verbündeter werden."

„Mit dem Osten kamen die Herren von Lurut noch nie zurecht – aber Crear, mein Liebling – niemals darfst du dir den König zum Feind machen – es sei denn, du kannst siegen."

„Um den König mache ich mir zur Zeit weniger Sorgen – um ihn werde ich mich im Frühjahr kümmern."

89

„Dann hoffe ich, dass du weißt was du tust – soll ich dir noch einiges über die anderen Adligen und ihre Ländereien erzählen?"

„Natürlich – Danke Großmutter."

Mir liefen Schauer über den Rücken die beiden so vertraut reden zu hören, doch konnte ich auch nicht aufhören sie zu belauschen, musste stetig weiter zuhören. So erfuhr ich allerlei über Adel und Ländereien, die auf Karten gezeigt wurden welche ich nicht sah und von denen ich teilweise noch nie gehört hatte. Irgendwann wurde ich dem doch noch überdrüssig und verschwand schwirrenden Kopfes von diesem Ort.

Im späten Herbst dann geschah etwas, das uns allein das Fürchten lehrte. Die Früchte auf den Feldern hatten gerade ihre Reife erlangt und waren alle eingesammelt worden. Wie es Sitte war, ging daher der zehnte Teil in die Speicher der Burg, unter meine Obhut. Wir alle hätten uns nur zu gerne in dem Obst gesuhlt doch war es uns verboten uns mehr als den täglichen Anteil zu nehmen, der von Pyn verteilt wurde. Einer seiner helfenden Knechte aber nun wurde eines Abends dabei ertappt, wie er einen ganzen Arm voll mit sich nehmen wollte. Leider war Pyn so unvorsichtig, Crear davon zu erzählen.

„Er hat was getan? - schafft ihn mir sofort herbei!"

Wie befohlen sandte Errist zwei seiner Krieger aus, die bald mit dem Knaben zurückkehrten. Ängstlich stand dieser dann vor Crear, der auf seinem Thron saß.

„Du hast Obst gestohlen – stimmt das?" Crears Stimme war hart und verlangend, so dass selbst ich Angst bekam.

„Herr – meine Familie -"

„Was schert mich deine Familie? - Hast du oder hast du nicht?"

„Herr – ja, Herr, aber nur um..."

„Errist! - Dieser Knecht wird das nächste Jahr im Kerker bei Wasser und Brot verbringen! - So muss er wenigstens nichts stehlen – Und danach darf er sich sein Obst wieder kaufen, wie alle in der Stadt."

Wir alle – außer vielleicht Errist – waren bestürzt über dieses Urteil. Auspeitschen wäre noch die schlimmste Strafe gewesen, die man früher dafür verwendet hätte.

Pyn war aber der Einzige, der es wagte darauf hinzuweisen, während die Krieger den nun weinenden Knaben fortschafften. „Herr – meint ihr nicht, dass das zu hart ist?"

„Pyn – wer von uns beiden ist hier der Tereanv? Willst du mich anzweifeln? Auf meinem Thron sitzen?"

Crear hatte ruhig gesprochen, doch Pyn erbleichte. „N-nein – Herr! - Ihr seid der Tereanv!"

„Dann ist gut."

Pyn verbeugte sich und machte sich eilends daran, den Saal zu verlassen.

Den Winter über waren einige Fremde bei uns 'zur Überwinterung'; vielerlei rauflustig wirkende Gestalten, denen die Anständigeren unter uns nur zu gerne aus dem Weg gingen. Ein oder zwei von ihnen waren schon früher dagewesen, so zum Beispiel dieser Tolume namens Chastred mit seiner Gruppe Krieger. Ich war bei weitem nicht der Einzige, der Böses fürchtete .

„Was meinst du, wofür braucht er all diese Krieger?" Caeryss hatte bereits mehrfach unter ihren Übergriffen leiden müssen; an diesem Tag saß sie mit Gouma und mir zusammen zum Frühstück in der Küche – die anderen Mägde waren gerade aus, den hohen Herren und Damen ihre Anteile zu bringen,

„Das letzte Mal als ich soviele fremde Krieger in der Burg gesehen habe, hatte Tereanv Gurass ein Turnier veranstaltet." Gouma schien immer häufiger in Erinnerungen zu schwelgen – oft fragte ich mich, was das wohl zu bedeuten hatte.

„Ich glaube kaum, dass er mit diesen..." Vorsichtig sah ich mich um, mich zu vergewissern, dass nicht der falsche lauschen würde, und sprach danach trotzdem nur leise. „Ich glaube kaum, dass er mit diesen – Banditen ein Turnier veranstalten will."

Caeryss sah mich erschrocken an. „Glaubst du wirklich, dass es Banditen sind? Einer von Errists Männern meinte, er glaubt, es seien Söldner."

Ich konnte nur mit den Augen rollen. „Natürlich sind es Söldner – und Banditen – je nachdem, was ihnen gerade mehr einbringt. Wo ist der Unterschied? - Die Frage ist aber immer noch, was sie hier wollen; und ich befürchte schlimmes."

„Was könnte jemand mit Söldnern schon wollen?" Entwickelte sich Gouma plötzlich zur Kriegskennerin?

„Jemanden angreifen?" Manchmal erschien Caeryss so schrecklich unschuldig, dass es fast schon erfrischend war.

„Aber wen wohl?" Gemütlich rührte Gouma in ihrem Brei herum.

93

„Da befürchte ich so einiges. In letzter Zeit hatte Crear oft Besuch von Adligen, die größeren Landbesitz haben – und mit einigen davon verstand er sich nicht – die könnten gute Ziele für ihn sein – oder die Umgebung von Lurut; seinen eigenen Machtbereich vergrößern – und dann ist da noch Barga und alles was darinnen ist."

„Den König angreifen?" Es schoss förmlich aus Caeryss hervor, dass sie sich danach erstmal erschrocken umblickte.

Gouma aber interessierte anderes. „Was gibt es dort denn?"

Ihren Blicken nach zu urteilen sprach ich folgendes mit düsterer Miene. „Den König – seinen Gegner Louvis – die Macht des Reiches – seine Ehre – und schon so mancher Mann war bereit für seine Liebe zu töten."

„Ach, seine Liebe!" Gouma kichern zu hören erschrak mich fast schon mehr als die Umstände in der Burg.

Den gesamten folgenden Winter waren wir eingepfercht mit fremden Männern, die sich an Lautstärke und Rüpelhaftigkeit allesamt gegenseitig zu überbieten schienen. Und bald käme der Frühling – doch vorher entsandte Crear Boten an den König, dass er sich würde entschuldigen wollen – und wurde so für den nächsten Geburtstag wieder eingeladen.

2. Buch

VII: Die ersten Schritte...

Die nächsten folgenschweren Ereignisse erlebte ich selber nicht mit, hörte von ihnen nur aus der Ferne, daheim in Lurut. Es war Frühjahr geworden und Crear mit seiner Leibgarde um Errist abgereist; die fremden Männer hatten sich bereits früher verabschiedet. Ich fühlte mich zurückgesetzt, da er mich nicht hatte mitnehmen wollen, doch verstand ich später, dass es wohl zu meinem Schutz geschah. Vor einiger Zeit fand ich einen von ihm selbst verfasstem Bericht.

Wir verließen Lurut am Achten des Mondes. Narattet und die Ländereien zahlreicher anderer Besitzer, derer einige uns bald folgten, durchreisten wir. In Meadrish vereinigten wir uns mit Somm Orichin von Daminro und überquerten den Haregez; die Brücke von Meadrish ist wahrlich ein Wunder: Bei ihrer Überschreitung sahen meinereiner in den Fluss hinab und erblickte dort ein Spiegelbild und wie die Fische dessen Kopf umkreisten. Sie bildeten die Königskrone und verhießen uns gut Glück bei unserem Vorhaben.

Auf der anderen Seite des Flusses erwiesen sich die Verbündeten als spärlicher; die Macht von Barga als stärker. Aber das konnten wir ja bereits im vergangen Jahr erfahren und so wunderte es wenig. Die Freunde aus der Tolum, Icran und Saldān unerkannt durch das Land reisen zu erlassen war schwer, doch in Hafrond erwartete mich Nachricht, dass sie es erfolgreich nach Cahmind geschafft hatten – zumindest die Icraner; alle anderen an einem Ort zusammen warten lassen wäre tölpelhaft gewesen, hätten sie doch selbst Mächte an sich reißen können. So aber zerstreuten sie sich an wichtigen Orten des Landes; des Feindes; auf dass sie mir später nützlich sein würden.

Fünf Tage vor Jaster Junohs Geburtstag erreichten wir Barga. Es muss beeindruckend gewesen sein, unseren Trupp Getreue durch die Stadttore eintreffen zu sehen und wir gaben uns auch alle Mühe, als zukünftiger Herr erkannt zu werden. Wieder einmal speiste Jaster Junoh uns mit Zimmern in drittklassigen Herbergen und Stadthäusern ab, doch sollte es damit bald vorbei sein. Ich bestand darauf mit Somm Orichin, meinem größten Diener, im selben Haus untergebracht zu werden; wie schon damals ein Jahr zuvor. Zu meinem großen Verdruss war in diesem Haus aber auch das Lager des unehrenwerten Mannes aus Gernin, der mich einst so schmählich beleidigt hatte. Jaster Junoh – oder sein Gehilfe Tereanv Feart – war weniger dumm als ich vermutet hätte; in jeder Gaststube, jedem Haus, waren jeweils Freund und Feind meinereiner vermischt.

Dies machte es für uns schwer uns später allein zu treffen um die Geschehnisse der nächsten Tage zu planen. Doch letztlich kamen wir überein uns von Jaster Junoh einen Jagdausflug in das nahe Hochland zu erbitten. Die Erlaubnis machte es einfach, für unsereins Ruhe zu haben. Wichtiger aber noch war, dass uns die Boten aus Cahmind und dem Hochland nun besser erreichen konnten. Alles verlief nach Plan, so sahen wir guter Dinge die kommenden Tage der Erleuchtung nahen.

Zu seinem Geburtstag lud Jaster Junoh Sacaeran wieder in seine Burg. Tereanv Feart hatte sich schon das Jahr zuvor nicht gerade hervorgetan mit seiner damaligen Planung des Tages und diesmal wurde es kaum besser. Nach der üblichen Begrüßung gab es das ebenso übliche Frühstück – und endlich sah ich sie wieder. Sie war nicht zusammen mit dem Kerl von Gernin gekommen; schien

99

schon länger bei ihrem Vater zu sein: Emmistat. Oh welch größere Schönheit könnte es in diesen Landen geben, wenn nicht sie und meinereiner? Beide von höchstem Geblüt, würden wir wahre Herrscher zeugen. Doch zunächst müssten die Hindernisse überwinden werden, die sich uns so in den Weg stellten: den Mann von Gernin sowie ihren Vater. Immer wieder war der Blick auf sie gefallen, kaum auf Essen oder das Tischgevolk, welches mit ihrem Geplapper, Geschmatze und Gerülpse schon lange jegliche Geduld überstrapaziert hatte. Als das Fraßgelage endlich vorüber war, gab es freie Zeit für uns zu verbringen.

Da der Tag nur noch wenig jung und es für uns noch viel zu tun gäbe, wollte ich nicht länger warten und bestand darauf, den König sprechen zu dürfen. Jaster Junoh tat herzlich und väterlich, sprach vom letzten Jahr, welch Toren meinereiner und Gernin doch gewesen, dass dies nun aber vorbei und wir wieder vernünftig geworden seien, worüber er mehr als glücklich wäre. Die ganze Zeit über konnte man aber nicht umhin sich zu fragen, wie ein solch dummer, die Wahrheit nicht erkennender König es geschafft hatte, so lange in seinem Amt zu verbleiben;

sich so lange auf seinem Thron zu halten, hatte er doch nicht einmal Macht über uns.

Harmlos fing ich an ihm dies vorzuhalten. Zunächst brachte ich das Gespräch auf unsren seligen Vater und fragte Jaster Junoh, warum seine Macht nicht dessen Tod hätte verhindern können; wie er als König es zulassen konnte, dass seine Untertanen sich mordeten. Dies war das Zeichen für den sich in Hörweite befindlichen Demaun von Gernin mit in das Spiel einzusteigen, doch leider verwehrte dieser sich; sah uns bloß misstrauisch an. Jaster Junoh dagegen war zutiefst verblüfft und fragte, was meinereiner mit seinen Äußerungen meine. Man erklärte ihm frei heraus, dass seine Herrschaft und Macht am Ende seien und fragte, was er dagegen zu tun gedachte. Da er immer noch nicht verstand, sprach man von seiner Tochter, lobte ihre Schönheit und Gewandtheit. Er schien zwischen Erstaunen und Geschmeicheltheit zu wechseln, bis festzustellen war, dass eine solche Frau nicht an ein Aas wie den von Gernin zu verschachern sei sondern einem wahren Mann mit Zukunft zugehöre: meinereiner. Endlich schien Jaster Junoh wütend zu werden und auch Gernin versuchte mir Einhalt zu gebieten, doch versagte natürlich wie bei

101

allem. Letztlich sprach man ihn noch auf Tarle an, unseren alten Feind, und warum sich seine Herrschaft dem immer weiter annähere. Bald warf man ihm Verrat und Zusammenarbeit mit dem Feind vor, bis ihm endlich die Geduld ausging.

Wütend verlangte er den Rauswurf – die Verhaftung – doch schon waren die Getreuen Luruts, derer der Saal fast die Hälfte zählte, zur Stelle. Mit Waffengewalt erzwangen wir uns selber einen Weg an die Freiheit, bei dem der Blick aber nicht von der schönen Emmistat gelassen werden konnte – doch dann, was war das, was erblickte man da? Auch Euliste, die kluge Geliebte, war in diesem Saal auf einmal zugegen. Es dauerte lang, bis ihr Blick gedeutet werden konnte.

Mittags waren wir unbehelligt zurück nach Cahmind gelangt. Die waffenschwingenden Kriegshunde der Tolum erwarteten uns bereits; freudig, in die Schlacht ziehen zu dürfen – für Lurut und sein Geld zu sterben. Es waren Söldner; sie nahmen viel Geld für ihre Taten; Trauer um sie wäre verschwendet gewesen. Zwei Ziele hatten wir uns erkoren, die zu erreichen wir nun auszogen. Das zweite war die Vernichtung der Macht Gernins – oder zumindest der Versuch sie an einer Hilfeleistung zu

102

hindern – was die Männer aus Icran zusammen mit dem etwa einen halben Dutzend edler Leute unsrer Gesinnung aus Sacalumas Nordosten erledigen sollten. Als Hauptziel aber galt uns die Vernichtung von Jaster Junoh Sacaeran, seiner Macht und allem was ihn ausmachte.

Die Saldānen, welche östlich von Barga lagerten, hatten sich bereits mit dem Morgengrauen in Bewegung gesetzt; unsere Hauptmacht aus Cahmind folgte nun diesem Beispiel. Leider, so muss man wohl sagen, waren Aufregung und Anstrengung zuviel für meinereiner. An diesem Tag schien die Sonne mit aller Macht, unseren Marsch zu erleuchten, doch stach sie zu stark in die Augen. Die Schmerzen waren das erste Zeichen, dann folgte es: Die Götter gaben Zeichen, dass unser Zug erfolgreich sein würde; ihre Farben legten sich über den zu schreitenden Weg. Sie sprachen und wie immer gab es einen Preis zu zahlen. Die Schmerzen wurden allsbald so stark, dass man sich kaum noch aufrecht halten konnte. All der Lärm – Tritte, Kriegsmaschinen und Geheul – bohrte sich in das Hirn. Errist war diese Anfälle bereits gut gewöhnt und so wusste er, was zu tun sei; wie er den Zustand seines Herrn vor den anderen verschleiern und in seinem Namen handeln konnte.

Als wir Barga erreichten, wie es dort an den Hängen über dem Fluss lag, waren die Saldānen schon vor Ort. Ihr Anführer unterrichtete uns, wie sie etwa eine Stunde nach unserem Aufbruch die Stadt erreicht und angegriffen hatten. Niemals hätte Barga einen so plötzlichen Angriff, schon gar nicht an diesem Tage, erwartet, doch befanden sich genug Krieger von Jaster Junoh und seiner Getreuen in der Stadt, um trotz Überraschung handeln zu können. In verzweifelter Schnelligkeit hatten sie die Tore der Stadt verschlossen, doch die Saldānen, Meister der Kriegsmaschinen, nahmen sie sogleich unter Beschuss.

Unsere Tolumen waren vorwiegend berittene Bogenschützen und unterstützten das allgemeine Feuer wo es nur ging, derweil die Krieger von Lurut bei der Belagerung halfen. Barga war nur eine Stadt; keine Festung wie die Siedlungen in Tarle; niemals hätte sie dem lange standhalten können. Doch war es auch verwunderlich, wieviele Getreue Jaster Junoh in seinem Land noch besaß, die von der Belagerung – und oftmals gleichzeitig auch von ihren eingeschlossenen Herren – erfahren hatten und verzweifelte Angriffe gegen unsere Flanken führten, als gäbe es eine wahrhafte

104

Wahrscheinlichkeit ihres Sieges gegen unsere Stärke. Manch wenige von ihnen erkannten die Aussichtslosigkeit ihrer Lage besser und schlossen sich uns so schon in den ersten Stunden des Krieges an. Andere aber brandeten in unsere Speere und Pfeile und kehrten nie wieder heim.

Nach vier Tagen Belagerung schien das Ende des Feindes näher, doch immer noch gab sich Barga nicht geschlagen. In ihren Mauern und Türmen zeigten sich Risse und Klüften, an einigen Stellen der Stadt war kurzzeitig Feuer ausgebrochen, doch wieder gelöscht worden und die Toten des Schlachtfeldes zu zählen lohnte kaum noch. Wir erwarteten das Zeichen ihrer Aufgabe, ihres Eingeständnisses zur Niederlage – und wir hätten sie verschont. So aber wurde es zuviel; dauerte zu lang – in der Stadt läge dann noch die Burg zur Eroberung vor uns. So traf meinereiner mit den tolumischen Helfern zusammen, welche für solche Fälle besonders fähige Männer anzubieten wussten. Wir lernten diese Männer kennen, die nicht einmal ein Dutzend Kopf zählten, doch lange Erfahrung und vor allem niemals Gewissensbisse aufweisen konnten. Und wir willigten in ihre Benutzung ein.

In der Nacht zum fünften Tage schlüpften sie in ihre dunklen Anzüge. Es war eine der seltenen mondlosen Nächte; wieder waren uns die Götter willfährig. Auf den Stadtmauern versuchten die Wachen das Land zu erleuchten indem sie Fackeln so gut es ging aus ihren Schießscharten vor die Mauern herabließen, doch benachteiligte dies sie mehr als es half: Von dem Schein geblendet konnten ihre Augen niemals das erkennen, was am Rande des Lichtscheins geschah. Wieder einmal wurde offensichtlich, wie das Licht für meinereiner arbeitete und werkelte, wie es mich baden wollte auf dem Weg zum Ruhm. Jenseitigen Wesen gleich vermochten die Tolumen außerhalb der Sicht unserer Gegner zu verbleiben. Mit Wurfankern bewehrt, die man hierzulande kaum kannte, erklommen sie die Mauern der Stadt ohne auch nur einen der ihren in einem Feindfeuer zu verlieren, waren die Wächter doch nicht auf sie vorbereitet und verpassten so ihren Einstieg. Heimlich machten sich die Tolumen auf der Mauer daran zum nächstgelegenen Torhaus zu gelangen.

Wir, die wir gespannt waren wie es voran ging und alles aus der Ferne beobachteten, sahen von ihrem Tun doch nichts. Schon zu diesem Zeitpunkt von dieser guten

Ausgabe für die Männer beglückt bereitete meinereiner alsbald über Errist seine Truppen vor. Sobald das Tor offenstand, würde Barga eine Blutnacht erleben.

Auf einmal sahen wir in der Ferne aus Mörderlöchern der Mauern fallend Körper rauschen und lautlos vor der Mauer aufschlagen. In plötzlicher Aufregung vermochten wir nicht zu sagen, wer sie waren, doch war ich zuversichtlich, dass alles gut werden würde. Und tatsächlich gab es keinen Lärm, kein Geschrei, keine Warnrufe auf der Mauer; es konnten also nur Barger gewesen sein. Immer wieder stürzten im Folgenden weitere Körper von den Wehrgängen; die Tolumen kamen gut voran. Es dauerte nicht mehr lange, da hatten sie das große und mächtige Tor an der Westseite der Stadt erreicht. Mehrere von ihnen hatten bis hierhin überleben müssen, würde doch nun alles schnell gehen.

Während eine Handvoll von ihnen sich den Weg in das Torhaus erkämpfte, um dann das Gitter hinauf zu ziehen, musste der Rest hinab auf die Straße, jegliche Gegenwehr dort bereits beseitigen und dann das schwere Tor mit all seinen Beschlägen, Schlössern, Balken und Nieten aufzustemmen und diese Arbeit gleichzeitig gegen nachrückende weitere Verteidiger

107

beschützen. Diese Männer wussten, wie hoch die Möglichkeit ihres Todes war, doch lockte ihnen dafür gutes Geld – und die ewige Dankbarkeit meinerseits.

Derweil diese herausragenden Männer sich am Tor versuchten, mussten wir vor den Mauern zurückgebliebenen bereits ausrücken, um ihnen rechtzeitig zu Hilfe kommen und die Stadt brechen zu können. Alles hing voneinander, von den jeweiligen Erfolgen ab, und wäre auch nur ein Glied dieser Kette gescheitert, hätten spätere Zeiten meine Herrlichkeit bezweifeln müssen.

Aber die Götter waren bei uns – und im Nebel des lockenden dämmernden Tages stürmten wir siegesschreiend und waffenschwingend in die Stadt. Für ihre Treue zum König sollte niemand begnadigt werden.

VIII: ...ins Licht

In die Stadt Barga eingedrungen erwartete uns weiterer Widerstand von königstreuen Truppen, die aus ihrer kleinen Burg unweit des Haupttores auf uns einstürmten; uns, ihren zukünftigen Herrscher, die sie wie einen Feind betrachteten und dafür zahlen mussten. Einer nach dem anderen dieser wilden verzweifelten Männer von Barga fiel aus den Straßen und Gassen über uns her um in die Spieße und Schwerter unsrer Männer zu fallen. Es waren blutige, doch auch kurze Schlachten, die sich dort die verlangsamten Reiter der Tolumen mitsamt der Saldānen gegen die Barger lieferten, und meinereiner dort mitten darinnen, wenngleich Errist und seine Krieger nicht einen der Feinde hindurch ließen.

Es erstaunte meinereiner, wie derart viele der Barger noch Widerstand zu leisten bereit waren, hätten sie sich nach geltendem Recht doch bloß ergeben müssen, um Gnade und Milde zu erhalten. So aber ward es blutig und tödlich für sie, wenngleich sie uns bis zum Abend verzögern konnten auf dem Weg zur Burg. Nach etwa einer Stunde gaben wir Befehl immer wieder ausrufen zu lassen: Wer sich einfach ergäbe würde verschont

109

werden, doch machte nur selten ein Barger von diesem Angebot gebrauch. Auch die Königstreue der einfachen Bürger mochte erstaunen, mischten sich zu den feindlichen Kriegern nach und nach doch auch immer mehr von ihnen, teilweise gar nur bewaffnet mit einfachen Stecken und Recken. Die Angebote zur Gnade lockten mehr von diesem Volk, doch auch hier überraschend wenig. Wie kam es, dass sie alle so leicht ihr Leben wegwarfen?

Nach einer Weile wurden wir diesem Volk von Narren mehr als überdrüssig und entschieden ihrer nicht mehr zu achten. Vor allem die Tolumen waren schon eine ganze Weile darauf erpicht, in die Häuser der Barger vorzudringen, ihr Hab und Gut an sich zu nehmen, die Frauen zu vergewaltigen und alles in Feuer zu setzen. Feuer wäre verfrüht gewesen, doch ließ meinereiner ihnen sonst freie Hand, wo immer sich ihnen jemand widersetzte. Gab einer aber seinen Widerstand auf, so ließ man befehlen diese zu verschonen. Auf die Durchsetzung dessen achteten die Anführer unsrer Truppen gut, weshalb sich immer mehr aus den Kämpfen zurückzogen. Auf Seiten der Truppen der uns hörigen Adligen Sacalumas aber gab es zum Teil wesentlich stärkere Unruhestifter. Dies zu merken und für spätere Zeiten zur Strafe zu bringen setzte sich meinereiner zum Ziel.

Nach Stunden, so schien es, erreichten wir endlich den Fuß der Burg, nachdem einige der Barger bereits über den Fluss geflohen und die Brücke hinter sich zum Einsturz gebracht hatten. Wir mussten einen großen Umweg in Kauf nehmen. In der Burg gab es überraschenderweise kaum noch Wehr, weshalb wir langsam doch bereits feiernd den Berg hinauf zogen. Die wenigen Pfeile vermochten wir gut zu vermeiden, die wenigen verbliebenen Krieger gut zu erschlagen. Und so kam es, dass wir am Abend eine bald leere Burg erreichten, derweil unten in der Stadt so mancher Kämpfer unsren Befehlen nicht mehr gehorchen mochte, ein Feuer legte und dafür von seinem Anführer erstochen worden war. Doch der Feuerschein gab uns Licht und so zogen wir gut erleuchtet ein.

Niemand der Königstreuen dieser Burg, niemand der zum König gehörte, niemand der sein Blut in sich trug sollte überleben, wollte ich jemals Frieden im Lande finden, also ließen wir bei diesem Aufstieg unseren Helfern jegliche freie Hand. Wer immer ihnen vor die

111

Waffen lief wurde gnadenlos erschlagen, wollte er sich nun ergeben oder nicht. Kaum hatten wir das Tor durchschritten und den Außenhof erreicht, da schwärmten unsere Mannen aus wie Raubtiere, um jedes Haus in dieser Vorburg zu erkunden, jeden sich Versteckenden hinaus zu treiben, jede Einrichtung zu zerstören und jedes Gebäude in Brand zu setzen. Nur wer bei der Vergewaltigung ertappt wurde sollte gezüchtigt werden, galt es doch noch die Innenburg zu stürmen. Diese erwies sich als harmlos, nachdem wir einmal in der Vorburg waren, doch brach bei unserem Einzug bereits die Nacht herein.

Kaum hatten wir den Haupthof betreten,da verkündete meinereiner Belohnungen für die, die uns die Köpfe des Königs sowie seiner Familie brächten. Einzig die Frauen sollten verschont und uns vorgeführt werden – und mit allen adligen Feinden wollten wir noch fern der Burg ruhige Gespräche führen. Lediglich die Leibgarde des Königs und seiner Besucher standen uns noch im Weg, doch siegten wir auch über diese. Aus dem kleinen Tempel bargen Errist und seine Männer den Schatz des Königs, der eine solche Bezeichnung aber kaum verdiente; aus der Haupthalle zerrten die Tolumen all die

112

Adligen, die sich dort sicher gefühlt hatten. Zahlreiche von ihnen ließen wir gefangen ins Lager zurückschicken, wo meinereiner später ein Wort mit ihnen zu reden hätte.

Besondere Freude bereitete es, den sich sonst immer so überlegen fühlenden Louvis nun in Ketten zu sehen. Doch wo auch immer man in der Burg suchte, Demaun von Gernin war nicht aufzuspüren. Nachdem nichts mehr übrig blieb konnte nur gesagt werden, dass es ihm gelungen war zu fliehen. Auch von Emmistat, der Schönen, seiner ihm Versprochenen aber uns Zugehörigen, sah niemand etwas. Weder war sie unter den Frauen, noch den Adligen oder den erschlagenen Dienern und Kriegern. Demaun musste sie mit sich genommen haben; ein weiterer Grund ihn zu jagen, zu vernichten. Doch auch wenn es meinereiner nach Emmistat verlangte, musste dies für den Augenblick zurückstehen, musste doch erst ihr Vater vernichtet werden, bevor Gernin vernichtet werden konnte.

Die Gemächer des Königs waren groß und mehrteilig; eine einzelne Tür trennte sie vom Gang. Nachdem dieser nicht mehr verteidigt werden konnte, galt es die Tür zu sprengen. Hinter dieser lauerten die letzten

113

verzweifelten Leibwächter des Königs, die in den Klingen unserer Begleiter starben, doch auch so manchen von ihnen mit sich rissen. Am Ende des Kampfes stand dort der König allein; hastig in Rüstung geworfen mit seinem Schwert, starr vor etwas stehend. Neben ihm wartete der Knabe Jerris Jaster auf sein Schicksal: Gemeinsam mit seinem Vater unterzugehen.

Plötzlich bekamen wir Lust auf ein Spiel: Dort standen zwei einst so mächtige, nun nur noch so schwächliche Männer, bereit zu sterben – und bei uns waren Errist mit seinen Männern und einige Tolumen. Mit Leichtigkeit hätten wir sie jederzeit zerquetschen, niedermachen können, doch lockte das Spiel. Ohne Spiel kein Spaß, so sagte meinereiner, und ließ darum nur je zwei Krieger gegen die Beiden dort anbranden. Zunächst versagten die Tolumen gegen die Krieger von Barga, weshalb ich ihnen bloß Beifall zollen konnte. Die Antworten der Barger wies sie jedoch nicht als gute Verlierer aus; allmählich verloren wir die Lust am Spiel wieder.

Errist sollte mit all seinen verbliebenen Mannen endlich Jaster Junoh und Jerris Jaster für uns töten. Als unsere Krieger aber mehrere lange Augenblicke ohne Fortschritte zu erzielen ihr Glück versucht hatten,

114

beschloss meinereiner das Blatt zu wenden. Mit göttlicher Unterstützung ausgestattet konnten wir die Lücken der feindlichen Verteidigung nutzen und Sohn erstechen, den Vater erschlagen. Nachdem beide auf dem Boden vor uns lagen, ihr Leben aushauchend, schlug meinereiner ihnen die Köpfe ab und ließ diese als Zeichen des Sieges von Errist aufbewahren.

Alle Räume des Gemaches sowie hernach noch einmal die restliche Burg ließen wir durchsuchen, doch fand sich nirgends eine Spur des jüngsten Sacaeran. Wir wüteten, wir zitterten, wir brüllten – doch das Kind war nicht zu finden. Um uns herum knisterte und knackste das Gebälk, als die Flammen über sie hinweg züngelten – länger konnten wir nicht mehr in der Burg verharren. Während wir die Burg verließen, trieben wir die gefangenen Adligen und Frauen wie Tiere vor uns her, derweil hinter uns die Gemäuer endgültig dem Feuer geopfert wurden.

In der Stadt ließen wir jedem der dies wollte freie Hand, mit der Stadt und seinen Bewohnern zu verfahren wie er wünschte. Mit den Gefangenen vor uns bewegten wir uns über die Hauptstraße, derweil all überall um uns herum Krieger zu Tieren wurden: Gegenstände aus

115

Häusern tragen, Frauen vor, in und hinter Häusern vergewaltigen, Männer töten – oder auch vergewaltigen – und alles, egal ob noch bewohnt oder nicht, in Brand setzen. Der Feuerschein beleuchtete die Nacht, beleuchtete unseren Weg, beleuchtete unsere Bewegungen. Wir, von den Göttern entsandt, hatten das mächtige Barga besiegt. Die Stadt, die einst Jahrhunderte allein gegen übermächtige Gegner ausgeharrt hatte, würde bald nur noch aus rauchenden Trümmern bestehen. Niemand leistete mehr Widerstand; alle, die sich nicht bereits früher ergeben hatten konnten nur noch unsere Schwerter fliehen.

Meinereiner aber nahm kaum Anteil an dem tosenden Geschehen um sich herum, beschlichen ihn doch wieder einmal die alten schrecklichen Kopfschmerzen, doch dann – lief da Euliste vor Verzweiflung rufend über die Straße, verfolgt von einer kleinen Bande Krieger, ihrem Rock hinterhergeifernd. Sofort riefen wir Befehle, welche diese Männer nicht zu hören schienen – oder wollten –, weshalb Errists Leute sie kurzerhand erschossen.

Euliste war derweil über ihren eigenen Stoff gestolpert und im Schmutz der Straße gelandet. Errist sollte ihr helfen und sie zu uns bringen. Sie sah meinereiner in

116

seiner blutbespritzten Rüstung, erleuchtet von tausend Flammen, schweigend an. - Und dann brach sie unter Tränen zusammen. Wir nahmen sie mit uns; auf einem Karren, der eigentlich für die Verletzten war. Hinter uns brach die Stadt für immer zusammen.

Zurück im Lager dauerte es lange Euliste zu beruhigen, doch blieb sie bei uns. Ebenso anstrengend sollten die Gespräche mit den Adligen werden, die wir gefangen genommen hatten. Geduld war schon lange nicht mehr vorhanden, unterstützt durch die ständigen Kopfschmerzen, so ließen wir jeden, der sich nicht auf unsre Seite stellte, köpfen und für Lurut mitnehmen. Die meisten schienen dann vernünftig zu werden und schworen Gehorsam, wofür sie zwar enteignet, doch am Leben gelassen wurden. Sogar Louvis wollte nun zu Lurut gehören, doch wussten wir Interesanteres mit ihm anzustellen.

Nachdem wir gesehen hatten, wie Barga zu einem schwarzen Häufchen Schutt wurde, kamen langsam die ersten Berichte herein. Bei der Eroberung von Stadt und Burg hatten wir Verluste, die hinzunehmen wir verkraften konnten. Wieviele Feinde gefallen waren, vermochte niemand mehr zu sagen, doch schien ein

Großteil auch einfach geflohen zu sein. Als Richtung blieben diesen nur die Hochlande im Osten – oder die Berge drumherum – so ließ ich die schnellen Tolumen diese Gegenden durchsuchen.

Viele Schätze hatten wir aus Barga geborgen, so vor allem auch die Krone des Königs, die in Lurut aufzusetzen wir gedachten. Dass es nur zwei Sacaeran-Häupter in meinem Gepäck werden sollten war zwar eine Schande, doch leider kaum zu ändern, sollten die Tolumen in den Hochlanden keinen Erfolg haben. Wahrhaftig wütend ließ meinereiner aber die Nachricht werden, dass auch Fouchal Demaun von Gernin sich eindeutig unter den Geflohenen befand – und wohin dieser gehen würde, schien nicht schwer zu erraten.

So verließen am folgenden Tag, nach wenig Schlaf, drei Gruppen das Schlachtfeld: Tolumische Reiter suchten das Hochland nach Flüchtigen ab, eine weitere Gruppe Reiter ging mit den Gefangenen und dem Erbeuteten über sichere Gebiete heim nach Lurut – der Rest zog nach Gernin, wo die Icraner bereits in Kämpfe verwickelt sein müssten. Dort rechtzeitig hinzukommen sollte uns aber vor Mühen stellen. Wir konnten zurück über Cahmind einen großen Bogen um die Berge herum schlagen – oder wir zogen mitten über sie hinweg.

Aus Zeitgründen entschieden wir uns für letzteres und verbrachten daraufhin einige Zeit in den Bergen, die zu dieser Jahreszeit zum Glück schneefrei waren – kaum einer der Flachländler war größere Erhebungen gewöhnt, lediglich einige der Tolumen kannten Berge, aber dafür keinen Schnee. Aber obwohl dies für viele von uns recht neu war, kamen wir gut voran, von der Sonne getrieben. Zweimal schien Demaun Einheiten, wo immer er sie auch herbekommen haben mochte, uns auflauernd in den Pässen zurückgelassen zu haben. Pfeile regneten auf uns herab und Steine wurden nach uns geworfen, doch konnten wir ihrer Herr werden und sie besiegen.

Am anderen Ende des Passes angelangt und auf Gernin zumarschierend wurde der Widerstand stärker, der aus Burgen und Dörfer auf uns einzudringen schien. Immer konnten wir sie leicht abwehren, waren wir doch die Gesandten der Götter, die mit Feuer im Rücken aus den Bergen strömten um die Hauptstadt dieses Landstriches zu vernichten. Vor Gernin erwartete uns eine Schlacht, die gerade zwischen den unterlegenen Icranen und den aus der Stadt stürmenden Gerniern entbrannt war.

Rechtzeitig kommend fielen wir dem Feind in Flanke und Rücken und wurden vom Jubel der Icranen begrüßt.

Die Schlacht war hart und brandete hin und her, doch erblickte meinereiner letztlich Fouchal Demaun in der Menge und hielt auf ihn zu. Nach einem gewaltigen Kampf verliehen die Götter mir die Kraft ihn niederzustrecken, woraufhin seine Krieger sich ergaben oder flohen. Erstere ließ ich geschont, letztere ließen wir verfolgen und zogen dann in die Stadt. Nicht alle dort hießen uns willkommen und so wurde Mann, Frau und Kind erschlagen, wo man sich wehrte. Doch schließlich war die Stadt unser.

Es sollte nicht mehr lange dauern, da schwörte ganz Sacaluma mir die Treue – doch Sacaluma gab es nicht mehr. Mit den Köpfen ihrer Häupter im Gepäck zog ich heim nach Lurut – und zusammen mit Emmistat, die in Demauns Palast gewesen war – meine Emmistat.

IX: Verlorenes erscheint meist unerhofft.

Einst gab es einen kleinen Jungen, der mir fast wie ein Bruder war. Meine Ziehmutter war seine Amme und obwohl ich älter war, waren wir wie Geschwister. Dieser Junge wuchs in einer feindlichen Umgebung – seiner Familie – zum Manne heran und ward bald unser Oberhaupt. Eines Frühlings zog er zum Geburtstag des Königs aus – und kam selber als König zurück. Wenig hatten wir von dem vernommen, was im restlichen Reich geschehen war, wenn auch uns eine erschreckend große Zahl Leibwächter zurückgelassen wurde. So schien es kaum verwunderlich, wie schwer wir bei Crears Heimkehr überrascht waren.

Natürlich hatten uns Boten sein Kommen mitgeteilt und alles war eifrig damit bemüht, für ihn und seine Begleiter die Burg vorzubereiten – doch so recht wussten wir noch nicht, was da auf uns zukam. Crear brachte eine Handvoll Adliger und deren Begleiter, seine eigenen Leibwachen sowie einige Söldner der Tolum, Icran und Saldān mit sich – ein großer und bunter Haufen, den unterzukriegen für uns schwierig wurde. Unsere Befürchtung hatte damit bewahrheitet, dass diese rauen Gesellen wieder unseren Burgfrieden stören könnten.

Doch all das war bald vergessen – oder zumindest verdrängt – als Errist beim Erreichen des Burghofs für Crear ein Heil dem König forderte. Diese Neuigkeit dann verbreitete sich wie ein Lauffeuer, während Errist sich bei Hofmeister Pyn erkundigte, ob der Thronsaal bereit war und keine Störungen zu erwarten seien. Als dieser angab, dass dem so sei, zogen Crear und seine wichtigsten Untertanen sogleich in den Thronsaal, wozu sich auch die verbliebenen Hofadligen und Reste der Familie sowie die höchsten Diener gesellten. Dem Rest aber wurde der Blick auf das Folgende verwehrt.

Auf seinen Thron sitzend blickte Crear auf die Versammelten herab, derweil Errist sein Sprecher wurde.

„Bewohner der Burg Lurut – Adlige des Landes – werte Besucher – huldigt eurem König!"

Die meisten schienen zu verdutzt um sofort zu handeln, doch gelang es nach und nach – und wenn erst durch freundliche Anstubser – alle vor Crear sich verbeugen zu lassen, bis er selber anfing zu sprechen.

„Danke, meine Freunde – ich kann euch verkünden: wir kommen siegreich aus Barga zurück, um die Herrschaft des Landes in diese unsere Stadt zu tragen."

In diesem Moment kam ein Adliger, der mir als Tereanv Somm Orichin von Daminro beschrieben wurde, die Krone mit beiden Händen haltend, auf den Thron zugeschritten. „Der König von Sacaluma – Jaster Junoh Sacaeran – ist tot. Gleichsam ist es auch seine Familie, bis auf die edle Emmistat. Ohne männlichen Erben der Familie Sacaeran war es an uns Tereanvs von Sacaluma, uns einen neuen König zu erwählen." Damit setzte er vorsichtig die Krone auf Crears Haupt, doch sprach er weiter. „Mögest du lange leben, König Crear Ataurass Elorm."

Nachdem ihm wieder alle gehuldigt hatten, sah Crear nicht etwa selbstzufrieden, sondern schlicht ernst aus. Er blickte einmal in die Runde, um dann wieder zu uns zu sprechen. „Als meine erste Amtshandlung werde ich dieses Land umformen. Die alte Herrschaft der Sacaeran war lange überflüssig und verdorrt. Wir wollen das Land aber wieder zum Blühen bringen! Als ersten Schritt schließen wir mit dem toten Sacaluma ab und leben fortan in unserem Reich Aluma!"

Ein Raunen ging durch die Menge – erstaunt, missmutig, erfreut.

„Die restlichen Änderungen werdet ihr in den nächsten Monden und Jahren verspüren. Morgen werden wir ein Fest geben, dies alles zu feiern – kommt alle!"

Dies erfreute den Großteil der Menge schon mehr. Danach wurde die Versammlung aufgelöst und wir alle gingen unserer Wege, fast immer in Gruppen tuschelnd über alles was kam und noch kommen wollte.

Am nächsten Morgen rief Crear mich früh zu sich, obwohl ich aufgrund des Festes allerhand zu tun hatte. Seine Gemächer immerhin waren noch die alten.

„Du – Herr – ihr wolltet mich sprechen?"

Verärgert sah er mich. „Ich bin und bleibe Crear für dich, hast du das verstanden?" Als ich verwundert nickte, klärte sich seine Miene – und verdüsterte sich sofort wieder. „Eilzen – du musst mir helfen – ich will Emmistat ehelichen doch weiß nicht, wie ich es ihr sagen soll."

Meine Verwunderung schien nicht nachlassen zu dürfen. „Du willst – seit wann? Davon wusste ich nichts -"

„Du wusstest auch nichts von meinen Kriegsplänen – du kannst nicht alles wissen – ich will sie, seitdem ich sie das erste Mal sah. Ihr Verlobter ist nun tot und sie braucht

124

einen neuen... - und das Reich eine Königin, die ihm Kinder schenkt - ...wahrhaftig, ich liebte sie von Anfang an – wir sind beide von den Göttern geschaffen..."

„Wenn du Emmistat wolltest – warum brachtest du dann Euliste mit hierher? Was ist mit ihr?"

Kurz verdrehte er verärgert die Augen. „Euliste – ja, ich liebe sie, liebte sie schon immer – doch eigentlich... - wie ein Bruder seine Schwester. - Und hier – ist sie sicherer als überall."

„Weiß sie davon? Weiß sie, wie du fühlst? Wie fühlt sie?" Plötzlich war es mit peinlich, so mit einem König, einem erfolgreichen Feldherrn zu sprechen. Mich schämend brach ich ab, doch er schien nichts zu bemerken.

„Nein, ich weiß nicht wie es ihr geht. Ist das denn wichtig? Es muss sein – kann nicht anders sein."

„Du solltest mit ihr sprechen."

Nach kurzem Schweigen antwortete er lächelnd. „Ja, das werde ich wohl – doch komm, du hast noch nicht auf meine ursprüngliche Bitte geantwortet."

„Ja – natürlich – Emmistat – ich werde dir helfen, so gut es geht, doch muss das bis nach dem Fest warten – ich habe zuviel zu tun."

125

Einen Moment lang sah er mich so ernst an, dass ich fürchtete für meine Anmaßung geköpft zu werden.

„Gut, du sollst deinen Willen haben – aber das war nicht alles, was ich von dir wollte."

„Was gibt es denn noch?"

Die nächsten Worte trafen mich unvorbereitet. „Sag – willst du für mich Tereanv von Lurut werden?"

Auf meinem Weg zurück in die Küche, wo ich Caeryss und den anderen Aufgaben zuzuweisen hatte, begegnete mir Gouma. „Ach, da bist du ja, mein Junge! Ich muss mit dir sprechen!"

Innerlich seufzte ich auf. „Muss das jetzt sein? - So gern ich auch mit dir plausche; ich habe soviel zu tun..."

„Ja, bitte – es ist wichtig – du musst mir helfen."

Bei diesen Worten und ihrem flehenden Blick konnte ich nicht widerstehen; ich ging mit ihr in eine Abstellkammer, wo wir ungestört sein würden.

„Was genau ist denn das Problem?"

„Ach – es ist...! - Du kennst doch Euliste?"

Natürlich kannte ich sie, hatte ich doch gerade erst über sie gesprochen.

„Sie ist schwanger!"

Zwar war ich überrascht, doch sah ich da nicht Schlimmes. „Und? Mit Schwangerschaften kennst du dich doch besser aus als ich." Langsam erst bemerkte ich, wie aufgeregt und drängend sie war.

„Es ist vom König – von Crear!"

Nun setzte ich mich lieber auf ein Fass. „Was? - woher willst du das wissen? Sie war Louvis Mädchen."

„Sie hat es mir gesagt – nie hatte sie einen anderen Mann als Crear."

Ich war fassungslos. „Was erwartest du nun von mir?"

Traurig setzte sie sich neben mich. „Ich weiß es doch nicht – rede mit Crear – das Kind soll nicht als Bastard zur Welt kommen..."

„Von genau dem komme ich grad – er will, dass ich ihm dabei helfe Emmistat zu ehelichen."

„Oh weh! - Das arme Kind – Euliste!"

„Du erkennst die Schwierigkeiten? Und du weißt, wie eigen er in dem ist, was er will."

Gouma schien aber nicht zuzuhören. „Das arme Kind!"

Also versuchte ich es anderes. „Du kümmerst dich um Euliste – ich werde mit Crear reden, sobald es mir möglich ist – aber jetzt muss ich dringend in die Küche, sonst können wir das Fest für heute vergessen."

127

Damit verabschiedeten wir uns und ich kam endlich in die Küche, wo mich einige kochende Mägde sowie eine aufgeregte Caeryss erwarteten.

„Eilzen! - endlich! Hast du kurz Zeit für mich?"

Mittlerweile war es kein Seufzen mehr in meinem Innern – es wurde mir zuviel. „Aber nur wenn es schnell geht – ich..."

Doch schon zerrte sie mich mit in die nahe Vorratskammer, von verwunderten Blicken der Mägde verfolgt. Als sie die Tür schloss, standen wir im Halbdunkel, so dass ihre Züge nicht mehr sah.

„Louvis!"

„Wie bitte?"

„Louvis! Ich habe Louvis gesehen!"

„Wie – wo hast du ihn gesehen? Er gehört doch gar nicht zu Crears Gefolge."

„Na das wär' auch was – so, wie sie ihn behandeln! - Oh Eilzen! Er hat mich angefleht!"

„Bitte – der Reihe nach..."

„Ja ja – Ich bin in den Keller gegangen um Knollen zu holen – da sah ich, dass die Tür zum verbotenen Flügel geöffnet war – du weißt schon, das Verließ – und neugierig wie ich bin... - drinnen hörte ich weinen – und dann sah er mich – und ich ihn – oh Eilzen!"

„Was ist mit ihm?"

„Sie haben ihn gefoltert – überall diese Wunden!"

„Was hast du gemacht?"

„Er flehte mich an, ihn zu befreien – aber ich bin nur vor Angst weggelaufen – und jetzt bin ich hier."

„Hm... es tut mir ja leid für ihn – aber da können wir wohl nichts machen."

„Ja – aber wie kann er nur so grausam sein?"

„Wer?"

„Na Crear – der König!"

Den Kopf voll seltsamer Gedanken machte ich mich nur noch mit halber Kraft an die Arbeit. Doch das Fest bereitete sich nicht von alleine vor und so hatte ich bis zum Nachmittag alle Hände voll zu tun. Für diesen Zeitpunkt kam alles an Adel und Reichtum in der Burg zusammen, das schnell genug aus Stadt und Umgebung hatte anreisen können. Zur Unterhaltung hatte ich nur einige Gaukler aus der Stadt bekommen können, doch schien dies niemanden zu stören, wenngleich Crear einen Großteil der Vorstellung verpasste, da Teule stetig versuchte ihm etwas zuzuflüstern.

Später dann folgte das große Festessen, bei dem sich alle an den von Caeryss und den anderen Mägden unter großer Anstrengung zubereiteten Speisen erfreuen durfte. Zuletzt folgte ein fröhliches Beisammensein bei Musik und viel Wein. Immer wieder sah ich Teule, wie sie sich einen Weg zu Crear zu bahnen versuchte, doch dieser war immer wieder umringt von Adligen, die mit ihm plauschten oder ihm Glückwünsche zusprachen.

Auch ich kam natürlich nicht dazu mit ihm zu sprechen, war ich doch auch zu sehr damit beschäftigt alles zu überwachen. Ein paar Mal jedoch ertappte ich mich, wie ich über Crears Angebot vom Vormittag nachsann. So recht konnte ich es mir nicht vorstellen Tereanv dieser Burg unter einem König Crear – oder irgendeinem anderen König – zu werden. Immer hatte ich die Ruhe geschätzt, die Burg Lurut möglich gewesen war, und nun schien es für immer aufregender zu werden. Auch die Sache mit Euliste und Emmistat stellte mich vor Probleme, die alleine zu lösen ich mir kaum zutraute. Wäre es mir möglich gewesen, ich hätte mich zu Gouma gestohlen, doch immer wieder musste ich einen anderen Ablauf der Feierlichkeiten überwachen.

Der Garten der Burg war schön geschmückt und Caeryss und die anderen hatten zahlreiche kleine Häppchen zubereitet. Als ich mir nur eins davon schnappen wollte, sprach mich plötzlich der Tereanv Somm Orichin an; einziger noch wahrer verbliebener Tereanv des Landes, das nun Aluma hieß.

Nach wenig Vorgeplänkel kam er schnell zur Sache. „Glaubt ihr, dass er ein guter König sein wird?"

Ich musterte ihn, um Spuren einer Falle zu suchen. „Ich weiß es nicht – aber er war immer ein guter Junge." Zweifel auszusprechen schien nicht die rechte Zeit.

Somm Orichin lachte ob meiner Antwort. „Dann bin ich mal gespannt, wie ihr den nächsten Streich eures – 'Jungen' – findet. - Wartet, da erhebt er sich von seinem Platz um zu sprechen!"

Und tatsächlich, Crear wollte etwas sagen. „Meine Freunde – mein Volk – dank sei euch für euer zahlreiches Erscheinen trotz der widrigen Umstände nur einen Tag zur Anreise gehabt zu haben." Deutlich merkte man den Wein in seiner Sprache – so redete er nur unter dessen Einfluss. „Viele Erfolge haben mir – haben wir in den letzten Wochen – Monden – erzielt, doch war dies – war dies nur der Anfang. Wir alle wissen, wie Jaster Junoh

131

Sacaeran dieses Land schwächte, es sich von innen zersetzen ließ – derweil er mit unseren eingeborenen Feinden tändelte. Als ich ihn fragte, was dies zu bedeutet – bedeuten hätte, griff er uns an, doch mit eurer Hilfe gewann das Gute. - Lasst uns dieses nun zum endgültigen Sieg führen, indem wir gegen unseren alten Feind ziehen und ihn endgültig vernichten. Lasst uns aufbrechen, bevor das Land Tarle bei uns einfällt! - Nieder mit Tarle!"

Ein Raunen entstand unter den wenigen, die von diesen Plänen nichts gewusst hatten, derweil der Rest ihm zujubelte und -prostete.

Doch während Crear sich feiern ließ, erschien am Gartentor eine schöne und zugleich das befehlen gewohnte Frau. Während ich sie noch als einziger zu bemerken schien und noch versuchte herauszufinden wer sie war, erhob sie schon ihre, die es schaffte allen Lärm zu übertönen. „Halt!"

Und alle waren still; wandten sich ihr zu.

„Crear! Was ist hier geschehen? Was soll das alles? Ich muss mit dir sprechen!"

Der Angesprochene kam lächelnd und ein wenig schwankend auf sie zu. „Natürlich – ich habe dich erwartet." Dann wandte er sich der Festgesellschaft zu.

132

„Darf ich allen, die sie nicht bereits aus früheren Jahren kennen, meine einst verschollene Tante Asmyllis vorstellen?"

X: Eine Überraschung kommt selten allein.

Die Rückkehr von Asmyllis traf uns alle vollkommen überraschend – alle, bis auf Crear, der wohl von seinen Agenten schon unterrichtet worden war. Ihr Gespräch an diesem einen Abend schien Ewigkeiten zu dauern, so dass ich Somm Orichin die Empfehlung gab, die Festlichkeiten wieder aufleben zu lassen, bevor es zu größeren Tratschereien kommen konnte.

Trotzdem entstanden diese natürlich, wobei ich hauptsächlich über Caeryss und die Mägde mitbekam, was man sich so erzählte. Angeblich kam es hinter verschlossenen Türen zum Streit zwischen Tante und Neffe. Asmyllis soll ihm geradeheraus gesagt haben wie sehr er sich schämen müsse, das Andenken seines Vaters beschmutzt zu haben, indem er nach der Macht griff und dafür auch über Leichen ging. Auch solle ihr die Entwicklung in der Burg nicht gefallen – die Leute, mit denen Crear sich hier umgab – die Veränderungen, die er an der Ausstattung vorgenommen hatte. Fast alle Gerüchte gaben dieses Bild der Tante, die ihren Neffen niedermachte, ungeachtete der Tatsache seines Ranges. Wenige schienen zu glauben, dass nach den langen

134

Jahren der Trennung diese Beiden auch froh sein könnten einander zu sehen.

Wie Crear wohl bei diesem Treffen handelte, darüber waren die Meinungen tiefer gespalten. Dienstmädchen behaupteten ihn im Raum brüllen zu hören, andere sprachen von Lachen. Viele meinten, er hätte Asmyllis auf ihre Rede hin gedroht einzusperren oder hängen zu lassen, einige glaubten an den freundlichen Jungen. Wie auch immer – Tatsache ist, wir werden wohl nie erfahren, was hinter der verschlossenen Tür geschah.

Keiner der beiden sprach später noch einmal darüber, selbst mit ihren engsten Vertrauten nicht – oder ich war kein Vertrauter Crears mehr. Jedoch verhielten sie sich zueinander recht gewöhnlich – nicht wie die große Tante zum kleinen Neffen, aber wie Verwandte. Unter Beobachtung anderer sprachen sie über keine großen Belange, doch behandelten sich mit einer gewissen Ehrfurcht.

Zu ihren anderen alten Freunden war Frau Asmyllis herzlich wie früher. Den ersten Tag verbrachte sie lange in einem Gespräch mit der alten Gouma, die sich wohl am meisten gefreut hatte sie wiederzusehen; auch die Mägde umschwirrten sie häufig. Ich sprach nur wenig mit ihr, hatte ich doch wie früher schon zuviel Furcht etwas falsches zu sagen. Den fremden Adligen begegnete sie teils unverhohlen mit Misstrauen; über die Söldner verlor sie kein Wort, widmete ihnen höchstens abfällige Blicke.

Bereits sehr bald reisten diese aber auch wieder ab – zusammen mit Crear. Sie fuhren über das Meer gen Westen um in den Steinhügeln am Rande der Wüste anzulegen und dort die Feste Kuthaern – Wüstentor – zu belagern. Diese lag abseits des restlichen Tarles und war sehr überrascht angegriffen zu werden, so dass sie niemals lange hätte widerstehen sollen. Trotzdem kam Crear mit einigen Einheiten nach wenigen Tagen Belagerung bereits zurück zu uns, weitere Pläne verfolgend.

In der Zeit seiner Abwesenheit war Frau Asmyllis ihrer Mutter Teule mehr als einmal aus dem weg gegangen; den endgültigen Zusammenstoß durfte ich miterleben, geschah er doch ausgerechnet vor meinem Schreibtisch. Ich war gerade mit Asmyllis im Gespräch, da kam Teule herein, wohl etwas von mir wollend.

„Ach, Tochter – du hier? - na dann hoffe ich mal nicht zu stören! -"

„Ja, ich auch hier – immerhin darf ich handeln wie ich will."

Teule beachtete sie nicht sondern wandte sich an mich. „Wird es lange dauern? Ich muss mit euch sprechen."

Asmyllis antwortete für mich. „Keine Sorge – ich wollte gerade los."

„Wieder für Jahre im Nirgendwo verschwinden?" Konnte es wirklich sein, dass Teule sich Sorgen gemacht hatte? Oder war sie bloß beleidigt, nicht bestimmen zu können was ihre Tochter tat?

„Keine Angst, so schnell wirst du mich diesmal nicht los – ich werde nicht noch einmal zulassen, dass Lurut derartiges angetan wird."

Nun endlich schloss auch Teule die Tür hinter sich – noch mehr tratschende Dienstleute konnte ich zu der Zeit sicher nicht gebrauchen. Sie antwortete mit gefährlich freundlich wirkender Miene. „Wovon sprichst du, mein Kind?"

„Lurut war einst ein ruhiger Ort unter Gurass, der nichts weiter wollte als in einem ruhigen Reich leben. Doch wie hat dein Großneffe es nicht verändert! Gefährliche Leute gehen hier ein und aus, in der Stadt werden sogenannte Verräter gehängt, auf den Stadtmauern thronen Schädel erschlagener Gegner und ein Feldzug nach dem anderen soll seine Macht vergrößern! - und ich hörte, du warst ihm die wichtigste Ratgeberin!"

„Du musst dich irren, mein Kind – niemals habe ich ihm etwas Böses geraten – und die meiste Zeit beachtete er mich eh nicht."

„Vielleicht hat er erkannt, dass du noch schlimmer bist als er!"

Darauf sagte Teule nichts, führte bloß ihren verletzten Ausdruck vor.

Asmyllis wollte aber wohl noch nicht gewonnen haben. „Sein Vater war der Einzige in dieser Familie, der nicht herrsch- und streitsüchtig ist. Mit ihm verschwanden alle Tugenden aus Lurut. - Ich bin von euch enttäuscht, euch allen – nicht nur von Crear und der Familie, vor allem aber auch von dir."

Als ihre Mutter immer noch nichts sagte, drängte sie sich an dieser vorbei zum Ausgang und verschwand.

„Dieses Kind..." Teule seufzte und wandte sich mir zu. „Ich muss mit euch über diese Magd sprechen – Caeryss."

Verwundert horchte ich auf. „Was ist mit ihr?"

Der A'Lhumakrieg

Als Crear wieder nach Lurut zurückkehrte erfuhr er zunächst, dass Louvis aus dem Kerker verschwunden war. Die Hauptverdächtige war ausgerechnet Caeryss, die seit diesem Vorfall ebenso vermisst wurde. Crear war nicht gerade guter Laune, als er von diesem Vorfall erfuhr.

„Errist! - bring mir diese Magd, und wenn du die ganze Stadt – nein, das ganze Land! - auf den Kopf stellen musst! Und vor allem aber finde Louvis – und lass ihn nicht noch einmal entkommen!"

Ich sah mich genötigt einzuschreiten. „Herr – Crear! - hör mich bitte an!"

Crear schien kurz vor einem seiner Anfälle zu stehen, doch gewährte er mir diesen Wunsch.

„Ich kenne Caeryss – fast besser als mich selbst – auch wenn sie vielleicht Mitleid mit Louvis hatte, niemals hätte sie dich so verraten!"

Mit einem Aufschrei schlug Crear mitten gegen einen Pfeiler, bevor er plötzlich ruhig wurde. „Und was schlägst du vor?"

„Behandle sie nicht schlecht – bitte! - frage sie, warum sie verschwunden ist – vielleicht nahm Louvis sie gefangen – lass sie sich zuerst erklären – lass mich mit ihr sprechen, sobald sie wieder hier ist!"

Und tatsächlich willigte Crear ein. „Gut – du wirst deinen Willen bekommen – der Freundschaft zuliebe."

Caeryss wurde nicht rechtzeitig gefunden, um ein wahrhaft schreckliches Ereignis mitzuerleben. Crear traf bereits wieder Vorbereitungen die Stadt zu verlassen, diesmal um Tarle selbst im Süden des Reiches, von Daminro aus, anzugreifen. Somm Orichin war schon vor Wochen heimgekehrt dies vorzubereiten, derweil nun wohl die letzten Söldner bei uns eintrafen. In dieser kurzen Zeit musste ich gleichzeitig mich um Zimmerbelegungen, Essen und so weiter, als auch um die Suche nach Caeryss kümmern.

Zwangsweise vernachlässigte ich andere Freunde und Bekannte und bemerkte so nicht, wie es der alten Gouma immer schlechter ging. Das letzte Mal hatte ich sie einige Tage zuvor gesehen und gesprochen. Nun musste ich plötzlich an sie denken, während ich in der Küche an Caeryss' Statt die Mägde überwachte – und kurz darauf kam ein aufgeregter Diener hereingestürzt.

„Herr Eilzen! - kommt schnell zu Frau Gouma!"

Besorgt durch seinen Tonfall eilte ich mich so gut es ging, ihm zu folgen. Vor Goumas Kammer hatten sich

140

bereits Schaulustige versammelt, derweil darinnen drei Kräuterfrauen neben ihrem Bett knieten.

„Verschwindet – an die Arbeit!" Ich verscheuchte die Gaffenden und drängte mich in die Kammer, die Tür hinter mir schließend.

Klein und kraftlos lag dort Gouma in den Laken – wie auf die Welt gekommen, so sollte sie diese auch verlassen. Eine Frage bildend sah ich eine der Kräuterfrauen an, doch diese schüttelte den Kopf – und ich verstand.

„Lasst uns bitte allein."

Meinen Wunsch folgend verließen die Frauen das Zimmer und ich blieb mit ihr allein. Ich weiß nicht, wie lange ich so blieb, wie lange ich dort ausharrte. Sie erwachte nicht mehr – zu merken, dass sie nicht mehr atmete, versetzte mir einen Stoß. Noch länger blieb ich dort, kniend und weinend, da klopfte es an der Tür.

Es war Asmyllis, die hiervon gehört hatte und gekommen war zu sehen, wie es uns ging. Als auch sie sah, dass Gouma uns verlassen hatte, kniete sie neben mir. Wir vermochten uns gegenseitig wieder Mut zu geben, dass es Gouma bei den Göttern gut gehen würde, und verließen bald die Kammer. Immer noch standen

141

viele dort herum, nun sogar auch der Hofmeister Pyn, die bei unserem Anblick alle in unsere Trauer einzustimmen vermochten. Die halbe Burg wurde auf diese Weise gelähmt, als alle um ihre teuerste Freundin trauerten.

Als Crear dies endlich bemerkte, kam er zu uns herab gestiegen. „Was ist hier los? - Warum arbeitet ihr nicht?"

Schweigend deutete ich auf Goumas Tür.

Jemand anders sprach. „Unser aller Mutter Gouma ist von uns zu den Göttern gegangen."

Kurz schlich sich ein unbekannter Ausdruck in Crears Züge, bevor sie hart wie Stein wurden. „Trotzdem muss es weitergehen. - Also – zurück an die Arbeit!"

Auch Errist, der mittlerweile stets an Crears Seite war, mischte sich nun ein. „Ihr habt euren Herrn gehört – los!"

Für das einfache Volk gab es keine Feiern; ihre Körper wurden auch nicht verbrannt. Crear hätte dafür sorgen können, dass Gouma trotzdem diese Ehren zuteil werden würden, doch er verlor kein Wort darüber. Darum stahlen sich einige von uns, darunter auch die Frau Asmyllis, mit Gouma unter uns aus der Burg hinab an den See. Zwar waren einige der Soldaten auf unserer Seite, doch hatte sicherlich jemand Crear davon unterrichtet, dass entgegen herrschenden Gesetzen in der Nacht eine

Frau am See verbrannt worden war -. doch verlor er kein Wort darüber, ließ uns nicht verhaften.

Bis heute bin ich schwer enttäuscht, dass er selber nicht zu unserer Trauerfeier erschien und auch sonst kein Wort über dies Geschehen verlor. Doch konnte ich auch nichts daran ändern, jedes Wort über die Feier hätte uns bedroht und Crear war wahrhaftig schwer mit Vorbereitungen beladen. Allerdings gab es noch mehr, dass Crear von der Beschäftigung mit Gouma abhielt, und dies war die Herrin Emmistat. Nach ihrer Ankunft hatte ich ihr ein Gemach nah bei Crear geben sollen und dem gehorchend wies ich ihr das zwei Türen weiter links davon zu. Fortan sollte sie frei auf der Burg leben doch schien sich mehr gefangen zu fühlen: Kaum wagte sie sich vor die Tür und wenn immer eine Magd mit ihr herumgehen wollte, sah sie nie glücklich aus in ihrer Haut.

Erst Frau Asmyllis gelang es so recht, sie vor die Tür zu locken. Fortan war sie meist mit dieser zusammen im Garten zu sehen. Sprachen die beiden Frauen miteinander, sah Emmistat zuweilen tatsächlich glücklich aus; war Asmyllis dann gegangen und Crear schlich herbei ihren Platz einzunehmen, verschlossen sich ihre

Züge und allen Anwerbungsversuchen Crears zum Trotz blieb sie abweisend. Einmal nur gelang es mir sie zu fragen, warum sie Crear nicht bei sich haben wollte.

„Mein Vater, meine Brüder, mein Verlobter – sie alle starben durch seine Hand und sein Wort. Er hätte die Macht gehabt sie leben zu lassen. Auch wenn ich meinen Verlobten nicht mochte und mich mit dem Bruder oft stritt, so liebte ich diesen und meinen Vater doch. Bis heute unternahm Crear nichts, aufgrund dessen ich ihm diese taten verzeihen könnte."

Ich seufzte. „Also werdet ihr ihn niemals lieben oder als Ehegatten nehmen können."

Da sah sie mich überrascht an. „Warum liegt es euch am Herzen, dass ich ihn liebe?"

Bis zu dem Augenblick hatte ich gar nicht gewusst, dass dem so war, weshalb ich auch überlegen musste. „Crear war nicht immer so. Er – ist mein Freund und war es schon immer; es gibt auch andere Seiten an ihm als die, die ihr nun kennenlerntet. Ja, auf eine gewisse Art – liebe ich ihn immer noch – wie einen Bruder."

Ich weiß nicht ob ich Emmistat umstimmen konnte, doch schien sie Crear näherzulassen. Dass dies einem anderen Zwecke diente, erfuhr ich erst später.

Crear war gerade wenige Tage nach Süden aufgebrochen, um in Tarle die Feste Gulrunn zu erobern, da tauchte Caeryss wieder auf. Ein mir Vertrauter erstöberte sie in einem Dorf unfern Luruts. Ich brach sofort selber auf mit ihr zu sprechen, bevor etwas Schreckliches geschah. Frau Asmyllis bestand darauf mich zu begleiten, worin ich nichts schlimmes sah.

In dem Dorf angelangt trafen wir Caeryss vor einer Gaststätte. „Du erklärst uns lieber schnell, was dich zu deinem Verschwinden bewog. Alle denken du hättest Louvis befreit, und darauf steht der Tod."

Caeryss beachtete das nicht. „Kommt schnell mit, Euliste hat gerade ihr Kind bekommen!"

„Euliste? - Aber -" War sie nicht stets in der Burg gewesen? Und wann war sie schwanger geworden?

Wir folgten ihr und fanden Euliste dort im Kindbett – verstorben.

„Sie schaffte es leider nicht." Caeryss blickte trauernd.

Asmyllis aber ließ sich am Bett nieder und nahm eine Hand der Toten. „Oh Base, was ist nur mit euch geschehen?"

Ich war bloß erstaunt, Caeryss gar entsetzt. „Base? - Aber – das ist das Kind von König Crear!"

Und wie zur Antwort fing es an zu schreien.

3. Buch

XI: Wie sich das Gewitter staute.

Mein Name ist Acles Tovan Mhoretoan. Ich schreibe dies in einer Zeit der Ruhe, auf dass ich es später nicht vergessen mag. Ursprünglich kam ich aus dem fernen Zardarrin, doch zog es mich fort. Von meinen jungen Jahren gibt es genug Geschichten, lasst mich nun bloß von dem Krieg zwischen A'Lhuma und Tarle berichten.

Damals nannte ersteres sich Aluma und hieß zuvor Sacaluma, doch hatte gerade ein neuer Herrscher die Macht an sich gerissen, als ich aus dem Westen heimkehrte. Das dortige Volk des Echris Sirenn sowie die Tarler waren bereits meine ewigen Freunde geworden, da wollte ich erfahren, was in meiner Heimat geschehen war. Ich wusste also nicht, was mich erwarten würde, als ich die Lande des Echris Sirenn verließ. In Badros aber hörte ich bereits schlimme Nachrichten.

Die Alumen griffen Tarle an, verkündete man, und ich musste mich zunächst erkundigen, wer denn die Alumen seien. Nachdem dies geschehen war, erfuhr ich weitere Neuigkeiten, die man sich zu erzählen wusste: Das Wüstentor Kuthaern war erobert, Gulrunn und Narrkuva bedrängt. Kämen Begghyrn und Cirmaen – und anschließend Badros – als nächstes? So gut es ging versuchte auch ich das Volk zu beruhigen, denn noch nie war Tarle erobert worden, so uneins die Festen sich auch manchmal sein mochten. Viele glaubten mir, und so zog ich weiter.

An Gulrunn vorbeiziehend sah ich bereits die Fahnen der Alumen über den Zinnen gehisst und wusste hier nichts mehr tun zu können. Das Land um die Feste war verwüstet, Dörfer geplündert und verbrannt und zahlreiches Volk befand sich auf der Flucht. Die Feste selber schien aber größtenteils weiter bestehend. Als ich mir die Stadt ansah erkannte ich, dass ein Großteil der feindlichen Armee wieder abgezogen war – nach Norden, wie mir die Bürger verrieten.

Not und Elend sah ich in der Stadt und wusste, dass ich dem Volk von Tarle helfen musste. Einige kräftige Burschen waren der Stadt verblieben, die gegen die Besatzer kämpfen wollten. Einen von ihnen kannte ich noch von früher und mit seiner Hilfe überzeugte ich auch die anderen, dass es vorschnell wäre das Schwert zu erheben. Stattdessen sollten sie die anderen Festen um Hilfe bitten und in Kampfbereitschaft versetzen, derweil ich mich entschloss in die feindliche Armee einzudringen und ihre Pläne zu erfahren.

Nach Tagen der Verfolgung fand ich den Haufen endlich lagernd vor Badern – einer alumischen Stadt. Badern schien nicht zum ersten Mal in den letzten Monden eine Armee bei sich gesehen zu haben. Volk auf der Straße erzählte von den Ängsten, dass eines Tages diese oder andere Armeen vielleicht gegen ihre Stadt und Dörfer ziehen könnten. Andere sprachen von den Vorteilen, die diese fremden Krieger ihnen bringen würden, doch waren Leute jener Art in der Unterzahl.

Die Armee war mittelgroß; vermutlich waren die größeren Streitkräfte woanders. Sie hatten sich eine Zeltstadt erbaut, die Badern an Fläche gleich kam, und sie mit flachen Erdwällen und dort hineingerammte Pfähle gesichert. Wen sie wohl schreckliches erwarten konnten, den eine solche Verteidigung abschrecken müsse? Die Wachen am Eingang waren zumindest kaum – wachsam. Ein kleiner Strom von Volk ging ein und aus: Krieger, Händler und sogar Bauern. Die letzteren mochten Nahrung und Handelsgüter bringen.

Ich weiß nicht, für was sie mich hielten, doch musterten sie mich nur flüchtig, als ich selbstbewusst das Lager betrat. Vermutlich aber sah ich für sie aus wie viele der Krieger in diesem Lager, stellte die Armee sich doch als bunt zusammengewürfelter Söldnerhaufen heraus, der keine einheitlichen Farben, Ausrüstungen oder Wappen kannte.

Einen Tag und eine Nacht verbrachte ich bei diesem Haufen. Wild und planlos waren sie gepflanzt, diese Zelte und andere Lagerstätten. Mal tummelten sich mehrere, mal nur ein Krieger vor so einem Zelt als es dunkler wurde, um ein Süppchen zu kochen. Einem dieser ahnungslosen Gesellen verdanke ich viele Worte über das Ziel des Heeres sowie sein Zelt als Schlafplatz. Wie ich dies anstellte will ich nun schildern.

In einer dunklen Hintergasse fand ich diesen Krieger wie er über einer kleinen Feuerstelle umgeben von Stoffzelten hockte. Ihn grüßend setzte ich mich zu ihm und fragte ob ich auch etwas bekommen könnte. Mich misstrauisch beäugend willigte er schließlich ein. Wahrheitsgemäß erzählte ich im Lager neu zu sein und fragte nach Neuigkeiten. Es dauerte eine Weile das Eis zu brechen, doch nachdem er mir vertraute, wurde er zum wahren Wasserfall. Von Gulrunns Eroberung sprach er und wieviel es dort zu erbeuten gab.

Der Hauptmann hatte uns verboten zu plündern und zu vergewaltigen, sprach er, doch mal ehrlich; wer könnte da widerstehen? Ich hatte viel Spaß in einem der Häuser dort!

Und dann lachte er ein dreckiges Lachen, dass mir wahrhaftig schlecht werden ließ, doch musste ich gezwungenermaßen in sein Lachen einstimmen.

Es gab also viel zu holen, sagte ich, doch wann könnte ich auch etwas bekommen?

Da tat er geheimnisvoll, doch weihte mich ein, dass das nächste Ziel Cirmaen sein würde, und dass ich dort auf meine Kosten kommen würde. Ehrlich überrascht wunderte ich mich. Cirmaen galt doch als uneinnehmbar, doch der Mann versicherte mir, dass dort angelangt eine Geheimwaffe auf das Heer warten würde. Auf meine drängenden Fragen was dies sei wusste er nichts zu antworten, also bot er mir stattdessen etwas von seinem billigen Wein und wollte auf den Untergang Cirmaens und Reichtum für uns anstoßen. Da ward ich seiner überdrüssig, schlug ihn nieder, fesselte und knebelte und versteckte ihn so gut es ging, dass eine Weile lang ihn keiner finden könnte.

Immer noch wusste ich nicht genug und ging im Lager umher, auch anderen zu lauschen. Die Söldner sprachen über für mich belanglose Dinge wie ihren daheimgebliebenen Familien und Frauen sowie über für mich abstoßende Dinge wie ihre erfolgten Plünderungen, Vergewaltigungen und Tötungen Unschuldiger, dass ich sie am liebsten sofort erschlagen hätte. Doch zügelte ich mich und vernahm auch Nützliches.

Am brauchbarsten war es hierbei eine Gruppe von Hauptleuten aus dem Dunkel heraus zu belauschen, wie sie in einem großen Zelt Besprechung hielten. Am nächsten Morgen wollten sie die Truppen in Bewegung setzen, damit es sich in Daminro mit einem zweiten Heer, in dem auch ein hoher Adliger namens Somm Orichin wäre, vereinigen könnte. Dieses Heer schien der König selbst zu führen und sofort hätte ich meine Hände an ihn gelegt, hätte ich doch nur einen Pfad in sein schwer befestigtes Zelt gefunden. So blieb aber nur den Hauptleuten zu lauschen.

Ab Daminro sollte es weitergehen gen Nordwest zum Meer, wo sie aus einem kleinen Hafen hinaus nach Narrkuva fahren wollten. Narrkuva war schwer zu erreichen, doch leicht zu erobern, so dass sie von dort

153

über die Brücke nach Cirmaen könnten. Derweil blieb in Gulrunn nur eine kleine Besatzung, die aber bald aus dem Osten verstärkt werden würde. So hoffte ich, dass die von mir entsandten Boten die anderen Festen schnell erreichten um Gulrunn zurückzuerobern, bevor diese Verstärkung käme und entschloss mich selber nach Cirmaen zu bringen um es zu warnen.

Da keiner der Hauptleute über eine Geheimwaffe sprach und es spät wurde, legte ich mich bald erschöpft im Zelt des niedergeschlagenen Söldners zur Ruhe. Nach wenigen Stunden Schlaf erwachte ich vor allen anderen, stahl mir von der umzäunten Weide ein Reittier und entschwand gen Narrkuva. Der Weg dorthin war einigermaßen schwierig. Da Krieg herrschte gab es verstärkte Zölle und Straßenwachen, denen ich bis Daminro jedes Mal gut ausweichen konnte. Dort erblickte ich die im Schatten des Waldes lagernde Armee bereits, zigmal größer als das Heer in Badern, doch hielt dafür nicht an.

Im Dorf Maen-am-Meer war es schwer eine Überfahrt nach Narrkuva zu bekommen. Zwar herrschte hier noch kein Krieg, doch niemand wollte es wagen. Allerdings fand ich einen Fischer, der aus dem Dorf fliehen und mir deshalb sein Boot für mein Tier bieten wollte. Zwar war ich kaum das Segeln gewöhnt, doch irgendwie schaffte ich es nach Narrkuva, das sich der Gefahr noch gar nicht recht bewusst zu sein schien.

Lange versuchte ich das Volk zu warnen, doch konnten sie nicht so recht daran glauben. Und selbst wenn sie es getan hätten – Narrkuvas Schutz war das Meer, keine Mauern oder Waffen. Wenn es jemand schaffte es zu erreichen, konnte es sich nur ergeben. Also verließ ich es, eilte die Brücke entlang nach Cirmaen. Diese Feste liegt im Tal der meernahen Berge, seinen einzigen Zugang riegelt eine gewaltige Mauer ab, geschützt von Türmen und dem Meer.

Im Torhaus auf der Brücke vor der Feste tat man wie gewöhnlich seinen Dienst. Zwar war die Feste durch Nachrichten aus Kuthaern verteidigungsbereit, doch erkannten die Wächter mich noch von früher und ließen mich ein. Innen erblickte ich das Volk der Stadt, das kaum Angst aufwies, vertraute es doch auf die Stärke seiner Feste und seinen Galryrm. Diesen Galryrm aber galt zu warnen, doch – wie? Ich kannte ihn nicht, noch die Wächter zu seiner Burg und Einlass für Fremde gab es nicht. Überlegend wanderte ich durch die Stadt, bis ich diesen würfelspielenden bärtigen Hauptmann erblickte.

Als er seinen Gegner besiegt hatte, bot ich an für diesen einzusteigen und stellte mich vor. Mich erkennend freute er sich über diese Herausforderung und nannte sich selber Maraine tin Arath. Das Spiel dauerte nicht lang, hatte ich doch schnell sein Vertrauen gewonnen und ihm von der marschierenden Armee erzählt. Zwar war auch er sicher, dass die Mauern diese abhalten würden, doch stimmte er mir zu, dass der Galryrm davon erfahren müsse. Mich zur Burg bringend befahl er uns Einlass zu geben und nach Rücksprache mit dem Galryrm ließen uns dessen Leibwächter hinein.

Mallan war bereits in Cirmaen geboren und nun seit zwanzig Jahren dessen gewählter Galryrm.

So, ihr seid also Acles Tovan Mhoretoan – Maraine erzählte mir von euch, sprach er, doch ich hörte noch nie zuvor von euch – und Fremden kann man in diesen Tagen nicht trauen.

So war es also – er vertraute mir nicht. Viel Überzeugungsarbeit auf mich zukommen sehend fing ich damit an. Ich fragte nach der Erlaubnis von meinen letzten Erlebnissen berichten zu dürfen und bekam sie.

156

Von der Eroberung Gulrunns hatte er gehört, was für ihn zwar beunruhigend, doch noch nicht fürchterlich war. Von dem Heer in Badern hörte er mit Interesse und lachte gar darüber, dass ein 'so kleines Heer' ganz Gulrunn bezwungen hatte. Bei der Schilderung der Armee in Daminro wurde sein Blick aber nachdenklich und als ich erzählte, was mir der Söldner in Badern gesagt hatte, sprach er dazwischen.

Ich glaube noch immer nicht, dass ein König von Sacaluma – Aluma, berichtete ich ihn – so verrückt sein könnte uns hier in Cirmaen angreifen zu wollen, sprach er. Wir haben die dicksten und höchsten Mauern und fähigsten Krieger von ganz Tarle – und stärker als Tarle ist niemand. Trotzdem will ich eure Warnung zumindest überprüfen lassen, also seid mein Gast bis meine Boten aus Narrkuva zurück sind.

Damit entließ er uns und ich musste einige Tage untätig in Cirmaen verbringen, derweil die Feinde immer näher rückten. Wäre es nicht um das mir geliebte Volk von Tarle gegangen, ich mochte mich aus dem Streit herausgehalten haben. So aber stellte mich Maraine den anderen Hauptleuten sowie seinen eigenen Kriegern vor und von allen erhielt ich die Erlaubnis, sie auf einen

Angriff vorzubereiten. Der Galryrm hörte zwar davon, doch ließ mich gewähren, da selbst bloße Übungen nie schaden könnten. Viele von ihnen lernte ich in diesen Tagen gut kennen und vor allem Maraine selbst mochte ich bald mein Vertrauen schenken.

Am vierten Tag dann war es soweit, dass die Boten aus Narrkuva zurückkamen. Erschöpft und zerritten sollen sie in der Burg angekommen sein, doch verkündeten sie schon unterwegs in der Stadt lauthals, dass Narrkuva erobert worden war. Zusammen mit Maraine eilte ich mich, zum Galryrm zu gelangen. Dieser sah gram- und sorgenvoll aus.

Acles Tovan Mhoretoan... -, ihr hattet Recht, sprach dieser langsam, der wahnsinnige König will uns angreifen. Narrkuva ist bereits sein und schon schiebt er Kriegsmaschinen über die Brücke. Ich gebe an all meine Hauptleute den Befehl, die Verteidigung vorzubereiten.

Da fragte ich ehrerbietig darum, bei dieser Aufgabe mithelfen zu dürfen.

Sucht euch einen meiner Hauptleute aus, sprach er, ihr könnte euch ihm anschließen.

Und so kam es, dass ich als rechte Hand des Hauptmannes Maraine tin Arath durch Burg, Stadt und

Feste eilte, alle für die Verteidigung zusammenrufend. Zwei Tage sollten uns für die letzten Vorbereitungen bleiben, bevor der Feind angriff. Und selbst das Volk der Stadt kramte seine Waffen und Bögen heraus, um im letzten Falle ihre Stadt von den Dächern ihrer Häuser aus zu verteidigen. Doch soweit wollten wir es nicht kommen lassen.

Und dann kam der Tag des Angriffs.

XII: Blitz und Donner.

Die Mauer von Cirmaen schützt Feste, Stadt und Burgen auf der nördlichen Seite vor allem, das von dort kam. Ihr einziges großes Tor führt auf die Brücke nach Narrkuva, und von dort kam die Armee von Aluma. Zuvorderst kamen auf der Brücke große Schilde, welche die Nachfolgenden schützen sollten. Hunderte von Kriegern warteten bereits in sicherer Reichweite darauf ihnen zu folgen.

Überraschend trafen Schiffe ein, von West und Ost, die auf ihren Decks weitere Kämpfer, vor allem aber Katapulte und gar Belagerungstürme trugen. Die Katapulte begannen bald auf die Türme der Mauern einzuschießen, wo die Ballisten und Schützen von Cirmaen ihr Bestes gaben, die Feinde durch Bolzen und Pfeile fern zu halten.

Und kaum dass die Schilde auf der Brücke dem Tor nahekamen sahen wir, was sie schützten: Riesige feste Rammböcke waren dort in ihren hölzernen Kästen mit Rädern, um auf das Tor niederzugehen, was auch dieses nicht für immer aushalten würde. Doch die Pfeile und Bolzen vermochten gegen diese Schilde und Dächer der

160

Rammböcke nichts auszurichten und Katapulte gab es in Cirmaen nicht.

Während die Schiffe mit den Belagerungstürmen näher kamen und versuchten sich vor der Mauer in den Wellen zu halten, eilte ich mit einigen Kämpfern Maraines zurück in die Stadt um mit Reisigbündel gefüllte Eisenkörbe zu besorgen und sie an die Schützen zu verteilen, die nun in Brand gesetzte Stoffe an ihren Pfeilen in die Schiffe sowie auf die Böcke schießen konnten. Ein erster Erfolg wurde uns zuteil, als ein ganzes Schiff plötzlich in Flammen aufging. Leider jedoch trugen es die Wellen und die Strömung des aus den Bergen hinter uns kommenden Baches wieder aufs Meer hinaus, so dass ein neues seinen Platz einnehmen konnte.

Vom großen Westturm, der auf einer Felsspitze mitten ins Meer hinein ragt, konnte ich die ganzen Ausmaße des Feindes erkennen und es schien hoffnungslos. Rammen, Türme oder Katapulte – eins von diesem musste Cirmaen früher oder später in die Knie zwingen. Doch dann würde noch ganz Cirmaen bis zur letzten Maus kämpfen, bevor es daran dächte sich zu ergeben. So weit durfte es aber niemals kommen, weshalb ich beschloss etwas dagegen zu tun.

Der Udarwald hinter uns war bekannt für seine Tomaren und so fragte ich Maraine, ob auch Cirmaen über diese Tiere verfügen würde. Als er das bejahen konnte, ward ich sofort von Begeisterung gepackt.

Wo befinden sie sich, fragte ich ihn, und wieviele sind es?

Und er antwortete, genug um eine kleine Truppe auszuheben, doch haben wir kaum geübte Reiter für sie.

Ob genügend oder nicht, war damals nicht wichtig und so wies ich ihn, den mir Höhergestellten an, aus den Kämpfen alle Reiter zusammentrommeln zu lassen, derweil ich in der Bevölkerung nach denen suchen wollte, die wahrhaft bereit waren ihre Heimat zu verteidigen.

Volk von Cirmaen, rief ich ihnen zu, jetzt wird es sich zeigen, wer von euch wirklich seine Heimat schützen kann. Unsere größte Möglichkeit sind die Tomaren und wer diese zu reiten vermag und mir in den Kampf folgen will, möge sich nun melden!

Und tatsächlich hatten wir am Ende mehr Freiwillige als Reittiere, die in Höhlen am Hang des Tales lebten. Diesen Überschuss ließen wir die Plätze an der Mauer derer einnehmen, die mit uns gingen. Niemals könnte diese kleine Truppe von Tomarenreitern eine ganze Armee schlagen, da bewies es Maraine Recht haben zu können, doch würden wir die Möglichkeit erhalten, zumindest unheimlich Verwirrung zu stiften.

Zu mehreren Dutzend verließen wir die Höhle und alle folgten sie mir, wenngleich ich das Gefühl behielt der sich bloß am wackligsten halten zu Könnende zu sein. In einem großen Bogen flogen wir nach Westen, die Hänge hinauf und über die Mauer hinweg, hinter dem großen hervorragenden Westturm hervor. Die Überraschung gelang uns wahrhaft großartig; niemand hätte uns erwartet – und selbst einige der Schützen von Cirmaen blickten erstaunt.

Zwar vermag man von einem Tomaren aus nicht allzuviele kämpferische Kniffe anzuwenden, doch hatten einige von uns ihre Armbrüste oder Bögen dabei; wir anderen konnten zumindest uns im Sturzflug auf einzelne Gegner auf der Brücke oder den Schiffen stürzen und diese von ihrem Tun abhalten. Und damit wird auch das größte Ziel unserer wahnsinnigen Tat klar: Den Gegner verwirren und das Feuer von der Mauer ab und auf uns lenken, dass wiederum das Feuer der Mauerschützen sie

163

vernichten konnte, bevor sie diese erreichten oder ihre Katapulte spannen könnten.

Uns allen war vorher mehrfach bewusst gemacht worden, dass die Wahrscheinlichkeit lebend heimzukehren mehr als schwindend gering war, solange wir nicht andauernd in Bewegung bleiben würden. Und so fiel einer der mir Folgsamen nach dem anderen: Mal verzettelte man sich in einem Kampf am Boden und wurde solange aufgehalten bis der tödliche Stoß oder Pfeil kam, mal war man schon in der Luft zu langsam und wurde abgeschossen, mal konnte man sich einfach nicht mehr im Sattel halten und fiel schreiend in die See. Auch mir sollte so ein Schicksal wohl nicht erspart bleiben.

Zunächst lief alles wunderbar: Als Ziel hatte ich mir die Waffenmeister an den Schiffskatapulten auserkoren und einen nach dem anderen zog mein Tier ins Wasser, nachdem wir uns auf ihn gestürzt hatten, bis viele Schiffe ohne Waffenmeister nutzlos im Wasser dümpelten. Doch plötzlich, hoch droben in der Luft, kreischte mein Tier auf dass es einem das Herz zerbrach, und mit einem Knacks fiel es mitten in der Luft leblos in sich zusammen.

Mit rasender Geschwindigkeit stürzten wir auf das Meer zu und eiligst befreite ich mich aus meinem Gürtel, dass ich nicht mit dem Tier auf den Meeresgrund gezogen werden möge. Bevor wir aufprallten, sprang ich so weit es ging von ihm fort und landete hart im Wasser. Als ich die Oberfläche wieder durchstieß und damit rang oben bleiben zu können, handelte ich mehr nach Gefühl denn nach Verstand. Vor mir sah ich in den rauschenden Wellen eines der Schiffe, dass ich so verzweifelt angegriffen hatte. Seile waren über Bord gefallen und hatten sich in der Reling verfangen, als würden sie nur auf mich warten. Ich beschloss ihre Hoffnung nicht zu zerstören und ergriff sie, um mich an Deck hieven zu können. Das Schwerste war damit geschafft.

Kaum war ich neu hinzugekommen zu dieser Deckgesellschaft, da wurde ich auch schon begrüßt. Diesen Mann ins Wasser zu stoßen war nicht schwer und ich bekam wieder eine Waffe. Danach aber war ich plötzlich allein. Scheinbar war ich nicht der einzige geladene Gast und so sah ich andere meiner Flieger, die sich hierher hatten retten können, um ihr Leben kämpfen. Mich vergaßen dabei aber dann plötzlich beide Seiten. Ich weiß nicht, wie es kam, doch sah ich mich auf einmal alleine dastehen. Das Schiff hatte bereits viele

Krieger verloren und die verbliebenen beschäftigten sich mit den Angriffen der Flieger auf Deck und aus der Luft.

Mich abseits haltend gelang es mir unerkannt zum Bug vorzudringen, wo das Katapult des Schiffes befestigt war. Seine Waffenmeister waren bereits verschwunden, wohl von unseren Angriffen auf die eine oder andere Art ins Wasser gedrängt worden. Das erste Mal erblickte ich eines dieser Katapulte aus der Nähe und war beeindruckt. Etwas so großes auf ein Schiff zu bekommen musste schwer gewesen sein, da zollte ich den Alumen meine Achtung. Nun lag es aber verwaist und nutzlos dort, immer noch gespannt und auf die Mauer Cirmaens gerichtet.

Ich stand am Bug und erblickte, wie es um die Feste stand: Immer noch versuchten Schiffe mit Türmen die Feste zu erreichen, doch wurden stetig von Feuerpfeilen zurückgedrängt, derer die Verteidiger aber nicht unzählig besaßen und irgendwann deshalb aufgeben müssten. Unten am Tor hatten die Böcke dieses längst erreicht und rammten ihre Schädel gegen das Eisenholz in dem Versuch es zu knacken, was ebenso früher oder später gelingen musste. Die Pfeile von oben staken nutzlos aus ihren Dächern heraus und selbst Brandpfeile blieben nur stecken und brannten kurz, bis sie erloschen. So würden es die Verteidiger also niemals schaffen – und in diesem Augenblick kam eine Idee zu mir.

Das Katapult bot sich mir doch bereits gespannt, wartend auf seine Nutzung – warum also es warten lassen? Auf kreisförmigen Schienen befestigt konnte man es hin und her drehen, sich ein Ziel suchen. Schwer ließ es sich bewegen, doch war ich ja auch allein. Also warf ich mich so gut es ging gegen das Drehholz und schob das Katapult ein Stückchen zur Seite. Ich konnte nicht richtig einschätzen, worauf genau es nun deutete, aber gäbe es sicherlich genügend Angriffsflächen, und so löste ich einfach den Spannhebel und ließ seine Ladung fliegen.

Nicht gerade wenig staunend sah ich die Überreste der feindlichen Böcke auf der Brücke stehend, als mehrere große Steine auf sie niedergeprasselt waren. Auch die Schilde hatte es getroffen, doch sah ich von ihnen außer Kleinholz kaum noch etwas. Die restliche Bande stand nun schutzlos dem Feuer von der Mauer gegenüber und verlor daraufhin ihren Mut. Plötzlich und wie eine Meute Tiere wendeten sie und drängten zurück, dabei etliche der ihren von der Brücke schubsend.

Als ich das sah, wusste ich nicht ob Lachen oder Weinen angebracht war. Doch war es gut für die Feste, die von einem Druck erlöst sich den restlichen Schiffen zuwenden konnte. Nun stand aber auch ich auf einem solchen und meinte bald sich auf mich stürzende Krieger Alumas hören zu müssen, doch blieb alles still um mich herum, während weiter hinten auf Deck man immer noch kämpfte. Der naheste feindliche Krieger, der im Kampf mit einem abgestürzten Flieger sich befand, sah bald meine Klinge auf sich zukommen, die er nur einige Male vermeiden konnte. Zuletzt befand auch er sich im Wasser und ich war bereit mich dem nächsten zu stellen – doch was war das? - Wieder kam nicht einer auf mich zu.

Und erneut blieb ich ruhig und in Deckung, um auch keinen auf mich aufmerksam zu machen, als ich gen Hauptdeck schlich, wo sich die Brücke befand. Hier endlich fand ich Gegner, und deren gleich zwei, die auf mich eindrangen während ich die Treppe hinauf kam. Es ging hin und her, rauf und runter, dann flog der erste von ihnen neben mir ins Nass. Der Zweite rief mir Beleidigungen in seiner Sprache zu, spuckte und fluchte wie ein besessenes Weib, doch brachte dies ihm auch nicht mehr als sein Vorgänger. Endlich dann stand ich

168

oben nah dem Steuerrad, welches der Steuermann gerade verließ, die Hände waffenlos erhoben.

Ich ergebe mich freiwillig! Rief er, doch plötzlich zuckte er herum und sprang mit großem Anlauf hinab ins Meer.

Mich über die seltsamen Alumen wundernd erlangte ich nun das Steuer für mich selbst und fühlte mich für einen kurzen Augenblick wie der König der Meere. Nie zuvor hatte ich ein Schiff steuern können und kannte mich deswegen auch kaum mit der Steuerung aus. Ich hätte gar nicht gewusst, was mit diesem Ungetüm anzufangen ist, hätte nicht eine plötzliche Bö die Segel erfasst und das Schiff vorangetrieben. Kurz vermochte ich mich noch zu wundern, warum das Schiff nicht einfach segellos ruhig vor Anker gelegen hatte, da war ich auch schon stark mit dem Ruder beschäftigt, um aus diesem Umstand noch etwas Nützliches hervorzubringen.

Voraus erblickte ich einen ganzen Haufen alumischer Turmschiffe, dich gedrängt vor der Mauer wartend, dass sich kaum eines bewegen konnte. Halb aus Willen, halb aus Unfähigkeit etwas anderes zu tun steuerte ich unser Schiff mitten dort hinein. Unter mir verharrten die Krieger langsam in ihren Kämpfen, blickten zunächst erstaunt, bevor das Unvermeidliche käme. Dieses stellte

169

sich als großes Krachen und Rumpeln vor, als die Schiffe alle ineinander stießen, wenngleich auch Männer auf ihnen allen schrien und an Rudern ruckten.

Ich aber hatte ebenso nicht recht vor auf diesem treibenden Holz zu bleiben und tat es den anderen Kämpfern gleich, welche ich im Nass begrüßen durfte. Hinter uns aber fingen die Schiffe eines nach dem anderen Feuer, als die Brandpfeile niedergingen und sich keines mehr vor dem anderen retten konnte, selbst wenn es aus dem Zusammenstoß unbeschadet hervorgegangen war.

Nach einer Weile konnte ich mich endlich an den Hängen entlang zu einer Stelle treiben, von der ich das Meer verlassen und wieder Erde betreten konnte. Einige der unsrigen Krieger waren mir bereits zuvorgekommen. Die Tore der Feste hatten sich geöffnet um Kämpfer hinausströmen zu lassen, die nach Narrkuva zogen um die Alumen endgültig zu vertreiben.

Ich aber wurde von einigen Zurückbleibenden erkannt und feierlich in die Feste geleitet, da man bereits über meine – so oft unfreiwilligen – Heldentaten berichtet hatte. Während ich mich erholte und vom Galryrm höchstselbst belobigt wurde, focht Maraine tin Arath die

170

letzten Kämpfe aus und kehrte nach wenigen Tagen aus einem befreiten Narrkuva zurück.

Doch damit hatte alles erst begonnen; es gab noch viel zu tun.

XIII: Die letzten Regen.

Es fanden große Jubelfeier in Cirmaen statt, als das feindliche Heer geschlagen und auch aus Narrkuva vertrieben worden war. Nachdem diesem abgegolten war, rief der Galryrm Mallan seine getreuesten Gefolgsleute sowie auch mich zu sich, um die nächsten Schritte besprechen zu können. Die Alumen schienen sich auf ihre Seite des Meeres zurückgezogen zu haben, doch hielten sie immer noch Kuthaern und Gulrunn. Zwar waren die Festen von Tarle stets einzelgängerisch gewesen, doch konnte man bisher noch nie zulassen, dass ein anderer Tarler einem feindlichen Ausländer allein gegenüberstand, weshalb sich zahlreiche Stimmen erhoben die eine Befreiung der anderen Festen forderte. Nach einigen lautstarken Gesprächen musste Mallan schließlich diesen Forderungen zustimmen.

Während in Narrkuva alles vorbereitet wurde und die Einheiten Cirmaens sich dort sammelten, erschienen eines Morgens plötzlich Schiffe, die sich schnell als die Hardens und Thalgrens herausstellten. Die anderen Festen hatten einige wenige verfügbare Einheiten abgestellt Cirmaen zu unterstützen, als sie von der

Belagerung erfuhren. Sie kamen spät, doch waren wir trotzdem froh sie zu sehen, konnten sie uns doch bei der Befreiung Kuthaerns helfen. Armeen dieser drei Festen zusammen hatte man seit Jahrhunderten nicht mehr gesehen, doch arbeiteten sie nun zusammen gegen einen gemeinsamen Feind.

Kuthaern war schwach besetzt zurückgelassen worden, hatte es doch auch kaum Zugang von Seiten der Alumen. Innerhalb von nur zwei Tagen hatten wir die Besatzer zum Aufgeben gezwungen, wenngleich sie noch nichts von der Niederlage ihrer Armee erfahren hatten und sich eigentlich in gut zu verteidigender Lage befanden. Von den Alumen aber hörten wir, dass sie froh waren dieses Land zu verlassen, da aus der Wüste und den nördlichen Felsentälern allerlei seltsame Lebewesen angekrochen kämen, gegen die sie sich verteidigen mussten. Maraine bestätigte mir, dass es Kuthaerns Aufgabe war, alles aus diesen Gegenden von einem Eindringen in die östlichen und südlichen Länder zu hindern. Auch mir schauderte es bei diesem Gedanken, doch waren die befreiten Kuthaerner sicher, dieser ihrer Aufgabe wieder nachgehen zu können.

So waren wir frei, dem armen Gulrunn zu helfen. Zurück in Narrkuva waren Nachrichten aus Harden und Thalgren eingetroffen, die uns nun auch in dieser Weise Glück bei unseren Unternehmungen wünschten und die weitere Benutzung ihrer Truppen gestattete, um Gulrunn zu befreien. Nichts hielt uns also auf, dieser letzten Aufgabe nachzugehen, außer – die Alumen. Der einzige Weg von Cirmaen nach Gulrunn führte entweder über gefährliche Pässe durch den Udarwald oder am Rande der Berge entlang ein kurzes Stück durch Aluma westlich an Daminro vorbei.

Wir entschieden uns trotz der Gefahr zusätzlicher Kämpfe für letztere Möglichkeit und schifften die Einheiten gen Osten, um dort an Alumas Küsten anzulegen. Hin und wieder dann stellte sich uns eine kleine Einheit Verteidiger in den Weg, doch ernsthaft kämpfen mochte niemand gegen unsere Übermacht. Daminro selbst vermieden wir so gut es ging, sahen es aber verteidigungsbereit in der Ferne liegen – und dann ging es in die Wälder, wo wir uns auf die Pfade und Straßen verlassen mussten, um uns nicht zu verirren.

Am zweiten Tag unserer Reise durch diesen Wald fiel uns plötzlich und überraschend etwas in den Rücken und

Flanke, von dem wir erst später merkten, dass es teils Einheiten aus Daminro, größtenteils aber Holzfäller und Köhler aus den Wäldern waren. Verzweifelt fielen sie uns an, doch konnten sie letztlich niemals gegen uns siegen. Und so plötzlich sie gekommen, waren sie auch wieder verschwunden.

Am dritten Tage überschritten wir die unsichtbare Grenze von Gulrunn und am vierten erreichten wir dessen offenes Land. Nach weiteren Tagen Fußmarsch berichteten unsere Späher, dass wir bereits erwartet wurden: andere tarlische Armeen lagerten unweit westlich der Feste. Am nächsten Tag vermochten wir unseren Augen kaum zu trauen, als wir vor Gulrunn auf unzählige Krieger stießen, welche die Feste bereits belagerten. Aus Begghyrn und Badros waren sie gekommen uns beizustehen und die Alumen aus Gulrunn zu vertreiben.

War bereits die Vereinigung der Festen Cirmaen, Harden und Thalgren bei Kuthaern seit Jahrhunderten ohne Beispiel gewesen, so übertraf dies nun alles bisher dagewesene seit ungezählten Zeiten. Schon oft war Gulrunn in der Vergangenheit Ziel kriegerischer Streitigkeiten aus dem Norden gewesen; wir wollten dies endgültig beenden. Unsere Einheiten so lagern lassend, dass sie zusammen mit denen der anderen Festen einen Halbkreis um Gulrunn herum bildeten, traf Mallan sich mit den anderen Galryrms. Sie berieten sich den Rest des Tages und als er Abends zurückkehrte, hatte er einiges zu berichten.

Zunächst erzählte er von den Besatzern Gulrunns, die jetzt schon Wochen Zeit gehabt hatten, sich festzusetzen. Nach der Niederlage bei Cirmaen hatten sich offenbar die Reste der alumischen Armee dorthin zurückgezogen, um uns zu erwarten und ihre Stellung zu verfestigen. Gulrunn strotzte nun nur so vor alumischen Waffen, die alle auf uns vorbereitet waren. Wir würden ähnliche Belagerungs- und Kriegsmaschinen gegen den Gegner verwenden, wie es dieser vor Cirmaen getan hatte, um zu ihm vorzudringen, dabei in der Hoffnung bleibend, dass sie die Feste freiwillig freiwillig aufgeben würden. Tarler waren nicht bekannt für Grausamkeit und daran sollte sich nichts ändern.

Der Angriff fände bei Morgengrauen statt, also sollten wir alle gut schlafen. Ich würde erneut in Maraines Einheit verbleiben. Uns gehörte die Aufgabe in das Innere vorzudringen nachdem ein Tor offen oder Türme an den

Mauern wären. Uns zur Hilfe standen Schützen, Ballisten, Türme, Rammen und sogar einige Tomaren. Nur Katapulte wollte man nicht verwenden, um Gulrunn nicht unnötig zu zerstören.

Statt sofort schlafen zu können sprach ich bei einem Abendessen noch mit Maraine über unsere Befürchtungen und Träume. Maraine, dessen Heimatdorf unweit von Gulrunn lag, hatte seine Verlobte dort in der Feste und damit genug Gründe sich zu sorgen, doch auch viele andere in unserem Lager besaßen Freunde und Verwandte in Gulrunn, die es zu schützen galt. Und alle sahen dem Morgen mit Ungewissheit entgegen. Nach langen Augenblicken tiefster Gedanken fiel ich mitten in der Nacht endlich in meinen Schlaf. Am nächsten Morgen weckten uns die Hörner; es blieb kaum Zeit zum ankleiden.

In den Morgenstunden machten sich die Armeen fünfer Festen auf eine sechste zu befreien. Zuvorderst kamen die Schilde, derweil ihnen Schützen Deckung gaben und die Tomarenreiter für Verwirrung unter den Verteidigern sorgten. Gleichzeitig wurden die Belagerungstürme voran geschoben, in welchen weitere Schützen sowie wir warteten, bis die Mauern erreicht wären. Die Verteidiger

177

besaßen keine Möglichkeit unsere Türme zu zerstören und mussten so unser Nahen hoffnungslos mitansehen, derweil ihre Pfeile nutzlos im Holz der Türme steckenblieben.

Hatten wir endlich die Mauern erreicht, ließ man eine kleine Brücke herab, über die wir kriegsschreiend auf die Mauer strömten, derweil unsere Schützen diese Mauer bespickten. Die erste Reihe von Verteidigern war noch gut kampfeswillig, so dass uns nichts anderes übrigblieb. Seite an Seite mit Maraine focht ich einen Weg über die Mauer hinüber zur zweiten Mauer, nur um festzustellen, dass diese mit Gittern abgesichert war.

Während einige der unsren das Haupttor öffneten um die großen Rammen für das zweite Tor zu holen, suchten wir andere Wege hinüber in den nächsten Hof, doch fanden wir keinen. Die Rammen droschen auf das Tor ein, und die Edlen und Galryrms von Tarle selbst kamen in diesen ersten Hof, um durch das zerborstene Tor ihren Kriegern voran in den nächsten zu strömen und wir hintendrein.

Der nächste Hof aber erwies sich als Falle; es war ein langer schmaler Weg die dritte Mauer entlang. Von oben regnete es Pfeile und wir unten konnten kaum mehr tun als uns mit Schilden zu schützen. Auf ähnliche Weise ging es durch die nächsten Höfe, zwischen denen auch immer wieder Tore zu zerstören waren. Irgendwo hier muss es gewesen sein, dass ein Pfeil den Galryrm Mallan tödlich getroffen von seinem Pferd fallen ließ, doch die Krieger von Cirmaen wussten auch ohne ihren Anführer um ihre Sache weiterzustreiten.

Im fünften Hof fanden sich endlich wieder Wege die Mauer hinauf, von wo aus man endlich die ganze Eingangsburg von Gulrunn erreichte; bald war sie unser. Jetzt hätte es noch die Stadt sowie die zweite Burg gegeben, doch in ersterer hatten die Bürger sich bereits erhoben und zweitere ergab sich dann wie erhofft uns kampflos. Endlich also konnten wir die Befreiung Gulrunns feiern, doch mussten gleichzeitig über unsere Verluste trauern. Maraine dagegen fand seine Versprochene wohlerhalten und war den restlichen Tag nicht mehr aufzutreiben. Die überlebenden Galryrms, sofern anwesend, beschlossen die Alumen frei ziehen zu lassen, wenn sie dieses Land verlassen und nicht zurückkehren würden, wozu deren Anführer gerne zustimmten, schienen sie doch auch des Krieges ihres Königs überdrüssig.

Da der Galryrm von Gulrunn bereits bei der Eroberung durch die Alumen ums Leben gekommen war, hielt am nächsten Tag, mitten in den Aufräumarbeiten, das Volk bereits eine Wahl ab, den neuen Galryrm zu bestimmten. Die Truppen der anderen Festen aber zogen wieder heim, nicht ohne vorher noch auf die Unterstützungspakte und Freundschaft anzustoßen. Auch die Mannen von Cirmaen mussten jetzt heim, doch ward ihr Marsch ein Trauerzug.

Die Alumen hatten uns freie Pfade durch ihr Land zugesichert, und so wurde der tote Galryrm Mallan von dem Zug seiner Krieger begleitet durch Aluma über Narrkuva nach Cirmaen gebracht. Ab Narrkuva bewies ihm jeder Tarler, an dem wir vorbeikamen, die stille ehre und uns laute Siegesfeiern, doch war nicht allen von uns zum Feiern. Maraine tin Arath war jetzt Ranghöchster, weshalb er den Zug anführte, begleitet von anderen Edelmännern sowie mir. Er war es auch gewesen, der mich überhaupt dazu gebracht hatte mit zurück nach Cirmaen zu kommen, wo noch Überraschungen auf mich warten sollten. Dort gestaltete es sich zunächst kaum anders denn bisher, auch die Cirmaenen befeierten zugleich die Siege als auch ihren Verlust, war Mallan doch im Volk beliebt gewesen.

Am Tag nach unserer Rückkehr, nach einer langen Nacht voller Feste, wurde Mallan ebenso feierlich in den Grüften der Edelmänner Cirmaens, weit hinten im Tal, beigesetzt. Die Feste quoll über von Volk, als auch Bauern, Minenarbeiter und Förster aus dem Tal in den Ort kamen, der ihr aller Leben sicherte. Bei Einbruch der Dunkelheit führte ein feierlicher Zug von der Burg aus durch die Stadt, die Hinterburg sowie das Tal Mallan zu den Grüften hinauf; der Pfad gesäumt von unzähligen stillen Fackelträgern.

Einen weiteren Tag darauf fand die Wahl des neuen Galryrm statt. Der Gildenrat traf in seiner Burg zusammen, nachdem ihre Vertreter bereits am Vortag mögliche Anwerber vorgeschlagen hatten. Letztlich hatte auch das Volk noch eine Stimme; wer immer von genügend Einwohnern vorgeschlagen wurde, kam ebenso in die Auswahl des Gildenrates. Dessen Sprecher fragte von einem Balkon der Burg herab das Volk, wen sie vorschlagen würden, und zu meinem Erstaunen vernahm ich aus allen Ecken des Platzes laute Rufe:

Acles Tovan Mhoretoan!

181

Auch der Sprecher schien erstaunt und fragte das Volk:

Seid ihr sicher? Er ist ein Ausländer; kommt nicht aus Cirmaen, noch aus Tarle!

Doch das ertönende Ja nach seiner ersten Frage erstickte die weiteren Worte. So kam also auch ich mit in den Saal, wo der Rat sich über den nächsten Galryrm beriet, während ich überlegte, ob ich mich überhaupt niederlassen und das Reisen aufgeben wollte. Wir hörten jedes Wort des Rates während der Beratschlagung und überlegten schon selber, wer es werden mochte, doch Maraine war sicher, dass die Wahl auf mich fallen würde und schwor mir so oder so seine ewige Freundschaft und Ehrergiebigkeit.

Letztlich dann erhob sich der Sprecher wieder und stellte seine Frage, obwohl wir bereits alles wussten:

Acles Tovan Mhoretoan, ihr seid nicht aus Tarle, doch das Volk von Cirmaen und ganz Tarle liebt und vertraut euch. Viel habt ihr bereits für uns getan; nun fragen wir euch: Würdet ihr euer Leben den unsrigen verschreiben?

Ich hatte lange Zeit zum Überlegen gehabt und konnte schnell und überzeugt antworten.

Wenig später stellte der Rat dem Volk den neuen Galryrm von Cirmaen vor.

Der A'Lhumakrieg

In den folgenden Jahren sah sich die Feste, abgesehen von einem kleinen Zwischenfall, einer Zeit des Friedens und der Ruhe ausgesetzt, was sie gut zu nutzen wusste. Von den Alumen hörten wir kaum noch etwas, bis ihr nächster König wieder um Handel mit uns bat. Der Krieg zwischen Tarle und Aluma, das sich später unter ihrem nächsten König A'Lhuma nannte, war vorbei und wir wollten alles daran setzen, dass nie wieder einer entstände.

Als wichtigsten Berater und rechte Hand erkor ich mir für diese Aufgabe meinen Freund Maraine tin Arath, der seitdem zusammen mit seiner Frau bei mir in der Burg von Cirmaen lebt.

Damit endet die Schilderung, wie ich meine Reisen aufgab und zum Galryrm erwählt wurde.

Epilog

Die letzten Seiten fügte ich meinem Bericht hinzu, da der Galyrm Acles Tovan Mhoretoan mir kürzlich eine Abschrift zukommen ließ und ich dachte, seine Worte könnten den Krieg zwischen unseren Ländern am besten schildern. Es war ein blutiger und böser Krieg, doch Crear erzählte uns stets, es sei notwendig die gefährlichen Tarler aufzuhalten bevor sie zuerst zu uns kämen. Wir in der Burg in Lurut bekamen kaum etwas von den Grausamkeiten dieses Krieges mit, doch erlebten wir Crears seltsame Änderungen, nachdem er mitten zwischen den Feldzügen wieder heimgekehrt war.

Wir hatten Caeryss nicht überzeugen können mit heimzukommen; um ihrer Sicherheit fürchtend verließ sie bald das Land, doch ließ sie das Kind von Euliste, Crears Base, bei uns, als Emmistat versprach sich um es zu kümmern. Crear kehrte heim und fand dieses Kind bei seiner zukünftig angetrauten, die niemals schwanger gewesen war. Beunruhigenderweise schien er sich dessen nicht bewusst; er kannte das Kind sofort als sein eigenes und liebte es wie ein wahrer Vater. Doch seine Anfälle von Schmerzen und Wahnvorstellungen verstärkten sich in den folgenden Jahren bloß noch, bis wir alle fürchteten seine Nähe zu suchen.

Es war eine wahrhafte Erleichterung – so muss man leider sagen – als er an einem dieser Anfälle starb – wenngleich es Gerüchte gab. Das Volk, welches ihn nicht selber gekannt hatte und hasste, sprach von einem Mord und feierte einen unbekannten Helden. Nur wenige hatten ihn wirklich gekannt wie ich und mein Schmerz war groß ihn sterben zu sehen. Niemals hatte ich einen solchen Freund gekannt und sollte es auch niemals wieder tun. Viele nennen ihn wahnsinnig, wenige von den Göttern gesandt wie er es behauptet hatte, doch ich kannte den Kern hinter den vielschichtigen Schalen.

Sein Sohn, den er Orot Crear Elorm genannt hatte, sollte sein Nachfolger werden, doch war er viel zu jung um allein zu handeln. Teule tat vieles daran, die Herrschaft über ihn zu erringen, doch schien sie keinen schädlichen Einfluss zu hinterlassen und es war eine wahrhafte Erleichterung, als sie in hohem Alter sich befindend letztlich doch noch starb.

Heute ist Orot alleiniger König. Stets war er ein braver Junge gewesen, wenngleich auch in ihm die Anlagen seiner Familie zu lauern scheinen, doch kann dies erst die

185

Zukunft sagen. Solange jedenfalls ich Tereanv von Lurut bin, werde ich ihm mit Rat und Tat beistehen. Auch Asmyllis, wenn sie einmal vor Ort ist, versucht guten Einfluss auszuüben, doch meist ist sie auf Reisen und letztlich vor allem in Cirmaen.

Wie man sieht verbesserten sich die Beziehungen zu Tarle letztlich doch noch etwas, wenn auch viel Misstrauen auf beiderlei Seite lauert. Unter Crear kam es noch zu vereinzelten Scharmützeln, seit Orots Herrschaft ist es ruhig an diesen Grenzen.